www.ingramcontent.com/pod-product-compliance
Lightning Source LLC
LaVergne TN
LVHW010845051026
849532LV00007B/2818
* 9 7 8 9 3 6 9 0 8 5 1 7 0 *

شرابی

(افسانے)

سہیل عظیم آبادی

Sharaabi *(Short Stories)*
by: Sohail Azeemabadi
Edition: January '2025
Publisher :
Taemeer Publications LLC (Michigan, USA / Hyderabad, India)

ISBN 978-93-6908-517-0

کتاب	:	**شرابی** (افسانے)
مصنف	:	**سہیل عظیم آبادی**
صنف	:	فکشن
ناشر	:	تعمیر پبلی کیشنز (حیدرآباد، انڈیا)
سالِ اشاعت	:	۲۰۲۵ء
صفحات	:	۹۰
سرورق ڈیزائن	:	تعمیر ویب ڈیزائن

فہرست

تعارف

سہیل بہار کے رہنے والے ہیں وہ بہار جہاں کے قحط اور زلزلے مشہور ہیں۔ صوبۂ بہار میں قیمتی معدنیات کی فراوانی ہے۔ جنگل بھی بے شمار ہیں۔ جہاں سے انگریزی ادویات کے لئے خام پیداوار مہیا کی جاتی ہے۔ کوئلے اور لوہے کی کانوں کے سب سے بڑے ذخیرے ہیں زمین بھی زرخیز ہے دھان بکثرت پیدا ہوتا ہے بہار کی لیچی امرود اور آم ہندوستان بھر میں مشہور ہیں۔ ان تمام باتوں سے بظاہر یہی اندازہ لگ سکتا ہے کہ قدرت کی اس غیر معمولی فیاضی کے طفیل بہاریوں کو زندگی کی بیشتر خوشیاں نصیب ہوں گی اور وہ ان تمام معاشی اور اقتصادی صعوبتوں سے آزاد ہوں گے کہ جن کا شکار آئے دن ہندوستان کے دوسرے صوبوں کے لوگ ہوتے رہتے ہیں۔

لیکن بہار کی جنتا کی زندگی ہر قدم پر اپنے جغرافی ماحول کی تکذیب کرتی ہے۔ مجھے بہار کے دیہات میں چند ماہ بسر کرنے کا اتفاق ہوا ہے اور میں اپنے ذاتی تجربے کی بنا پر کہہ سکتا ہوں کہ افلاس اور نکبت کے وہ منظر جو میں نے بہار میں دیکھے ہیں وہ اس قدر خوفناک اور

گھناؤنے تھے کہ اب تک اُن کی یاد بدن کے رونگٹے کھڑے کر دیتی ہے۔ امارت اور غربت کا ظالمانہ تضاد وہاں اس خطرناک حد تک بڑھا ہوا ہے کہ کوئی وجہ صلح باقی نہیں! موجودہ نظامِ زندگی نے غریبوں اور امیروں کے طبقوں کے درمیان جو لکیر کھینچدی ہے وہ صوبہ بہار میں اس قدر صاف واضح اور متعین ہے کہ شاید اڈیسہ کے جنگلوں کو چھوڑ کر ہندوستان کے کسی دوسرے صوبے میں اس کی نظیر مشکل ہی سے مل سکے، وجہ یہ ہے کہ گو قدرت جغرافیہ بناتی ہے انسان سماجی قانون بناتا ہے اور دو ہزار سال کی پیہم کوششوں کے بعد بھی تہذیب انسان کی بربریت، وحشت اور کمینگی کو دور نہیں کر سکی، اسی لئے تو سماجی قانون جغرافی ماحول پر حاوی ہو جاتے ہیں، قدرت کی دولت کی غیر منصفانہ تقسیم ہوتی رہتی ہے۔ انسانی سماج دو قطبوں میں بٹ جاتا ہے، ایک قطب پر قدرت کی تمام تر دولتیں انسانی زندگی کی رنگینیاں اور سہولتیں جمع ہو جاتی ہیں۔ اور دوسرے قطب میں زندگی کی کل پریشانیاں، مصیبتیں اور تکلیفیں غریبوں اور امیروں میں جو بعد القطبین ہے۔ اس کی ایک واضح مثال آپ کو بہار کی سماجی زندگی میں ملے گی۔ اور یا سہیل کے اِن افسانوں میں جو اسی زندگی سے متعلق ہیں۔

سہیل نے ان دونوں طبقوں کی آویزش کو فنی خوبصورتی اور دیانتداری سے اجاگر کیا ہے، اگر طاقتور طبقے کے مظالم کو بے نقاب کیا ہے تو کسانوں اور مزدوروں کی کمزوریوں پر بھی پردہ نہیں ڈالا، اسی فنی صداقت کے باوجود ان کی ہمدردی مزدوروں اور کسانوں کے ساتھ ہے۔ یہ اس لئے کہ موجودہ نظامِ زندگی میں ایک حساس اور دردمند فرد کے سامنے

اور کوئی زاویۂ نگاہ نہیں ہو سکتا۔ سہیل کے افسانوں میں ہمیں بہاری کسان اور اُس کی زندگی کے مسائل اپنی تمام تر صعوبتوں اور خوشیوں کے ساتھ نظر آتے ہیں۔ سہیل نے ان لوگوں کی زندگیوں کا بنظرِ غائر مطالعہ کیا ہے۔ اُن کی طنز گہری ہے۔ فنی ادراک صحیح اور متناسب، وہ جذبات کے دھارے میں نہیں بہہ جاتے بلکہ جذبات پر قابو پا کر لکھتے ہیں۔ اور افسانے کے اختتام پر ایسی گہری چوٹ کرتے ہیں، کہ اس کا اثر دیر تک قائم رہتا ہے، موضوع کی وحدانیت ایک مضبوط پلاٹ سے ہم آہنگ ہو کر ایک خوبصورت افسانے کا تانا بانا تیار کر دیتی ہے۔ خوبصورت افسانہ میں نے اس لئے کہا۔ کہ اکثر لوگوں کا خیال ہے کہ کسانوں اور مزدوروں کی زندگی کے متعلق کبھی کوئی خوبصورت افسانہ لکھا ہی نہیں جا سکتا۔ بالفاظ دیگر خوبصورت افسانہ وہی ہے جس میں نگارنگ ساریوں، شمپین کی بوتلوں اور کسی کے ہلتے ہوئے طلائی آویزوں کا بار بار ذکر ہو۔ سہیل کے ہاں ان چیزوں کا ذکر بہت کم ہے۔ شاید اس لئے کہ انفرادی اور سماجی خوبصورتی کے متعلق بھی اُن کا نظریہ مختلف ہے۔ وہ خوبصورتی کو ایک اضافی قدر سمجھتے ہیں۔ ایک ایسی قدر جو ماحول اور سماج اور قدرت کی پیکار کے ساتھ ساتھ بدلتی رہتی ہے۔

سہیل کے افسانوں میں درمیانی طبقے کی زندگی کا بہت کم ذکر ہے۔ اس لئے کہ بہار میں یہ طبقہ یعنی سہیل کا طبقہ قریباً قریباً ناپید ہے، اور اس کے افراد انگلیوں پر گنے جا سکتے ہیں۔ صوبۂ پنجاب یا بمبئی کی طرح بہار میں کوئی ایسا قوی درمیانی طبقہ نہیں، جو امیروں سے ٹکر لینے کی سکت رکھتا ہو، یا جس کا خیال سب سے اونچے طبقے

کو خائف کرتا ہے۔ اور اُسے کبھی درمیانی طبقے سے کبھی کسانوں اور مزدوروں کے پچھلے طبقے سے وقتی مفاہمت کے لیے مجبور کرتا ہے۔ نہ ہی پنجاب کے کسانوں کی طرح بہار کے کسان اپنی زمینوں کے خود مالک ہیں۔ ان تمام امور نے سہیل کے ذہن اور اُس کے انداز تفکر کو اُن تمام نیم بورژوائی اور . . . میلانات سے بچائے رکھا ہے جن میں ہمارے بیشتر ادبی اذہان الجھ کر رہ جاتے ہیں۔

سہیل بہاری سماج میں اصلاح کے قائل معلوم نہیں ہوتے۔ اُن کا نقطۂ نظر اصلاحی نہیں رہا۔ انقلابی بن گیا ہے۔ اُن کا خیال ہے کہ یہ سماج اب اصلاح کے قابل نہیں، اسے ڈھا دینا ہے جس سماج میں کسانوں کی زبوں حالت کا یہ نقشہ ہو، کہ بدن پر صرف ایک پھٹی سی دھوتی ہے۔ گھر میں عورتیں نیم عریاں، اکثر حالتوں میں ہمارے گھر کی عورتوں کے لئے ایک لہنگا ہوتا ہے۔ جسے وہ باہر جانے کے لئے باری باری پہن لیتی ہیں۔ بچے ننگ دھڑنگ پھرتے ہیں، کھانے کے لئے چاول، اور اکثر حالتوں میں یہ بھی نہیں ملتے۔ اور سالن کے لئے وہ زیرِ آب کائی جو جوہڑوں اور دھان کے کھیتوں میں پائی جاتی ہے۔ بتایئے اِس زندگی میں اصلاح کی کیا گنجائش ہے۔

پرانے سماج کو کس طرح گرا دیا جائے اور نئے سماج کی تعمیر کس نہج پر ہو۔ اس کے متعلق سہیل نے ابھی تک کوئی واضح راہ متعین نہیں کی، لیکن یہ راہ شاید ابھی دوسرے ادیبوں کی تحریروں میں بھی نظر نہیں آتی، ناامیدی بے چارگی اور پیہم ناکامی کا تلخ احساس جو بہاری کسان اپنی زندگی میں بار بار محسوس کرتا ہے سہیل کی تحریرات میں اکثر جھلکتا ہے۔

کسان کی زندگی ایک کاغذ کی ناؤ ہے۔ امیر کی مضبوط کشتی نہیں۔" غریب کی زندگی کیا ہے۔ کاغذ کی ناؤ ہے جب تک تیرتی رہی تیرتی رہی، ہوا کا ایک جھونکا آیا، اُلٹی اور ڈوب گئی" اُن کے اکثر افسانوں میں یہی رنگ تفکر ہے۔ یہی صدائے احتجاج ہے۔" الاؤ، چوکیدار، بخیر تمام پیٹ کی آگ، اسی ذہن کی تخلیق ہیں۔ ہاں، "دو مزدور" میں سہیل ہمیں پہلی مرتبہ مزدور کے اُسی عزم راسخ کا اتا پتا بتاتے ہیں۔ جس نے ہندوستان میں کیا دنیا بھر میں مزدور کو نئی تعمیر کا مرکز بنا دیا ہے۔

سہیل کی زبان نہایت سادہ اور سلیس ہے، معنوعی اور غیر فطری مکالمے کہیں نہیں ہیں، ہماری گاؤں اور اُس کے افراد کی تصویر اس فنی صناعی اور چابکدستی سے کھینچتے ہیں کہ افسانے کی دلکشی دوبالا ہو جاتی ہے۔ غیر ضروری الفاظ کے استعمال سے بہت پرہیز کرتے ہیں۔ اپنی تحریرات میں کم گو لیکن پُرگو ہیں، بہت کچھ نہ کہکر بھی بہت کچھ کہدیتے ہیں۔ اسے اُن کے انداز تحریر کا اعجاز سمجھنا چاہیے۔

کرشن چندر

دہلی۔ ۲۰ جون ۱۹۴۲ء

الاؤ

گاؤں سے پورب ایک بڑا سا میدان ہے کھیت کی سطح سے کچھ اونچا اور چوپس۔ لوگ کہتے ہیں کہ پرانے زمانے میں کسی راجہ کا یہاں پر راج محل تھا۔ اُسی کی مٹی اور اینٹ سے زمین اونچی ہوگئی ہے۔ میدان کے پوربی کنارے پر پیپل اور برگد کے پیڑ ہیں اور اُس کے بعد کھیت، اُتر طرف ناگ پھنی کی گھنی اور لمبی قطار ہے۔ اس کے بیچ بیچ میں کوئی نیم یا پاکڑ کے پیڑ، اور اُس کے بعد کھیت۔ دکھن میں ایک کنارے پر ایک پیپل کا پیڑ ہے، اسکے پاس ہی ایک کنواں پھر کھیت۔ پورب دکھن کونے پر ایک بڑا سا گڈھا ہے جس میں برسات کا پانی جمع ہو کر کئی مہینے رہا کرتا ہے۔ لوگ کہتے ہیں کہ راج محل کا یہ پوکھر تھا۔ اس میں رانی اپنی سہیلیوں کے ساتھ نہایا کرتی تھی۔ نہانے سے پہلے پوکھر میں گلاب کا عرق ڈال دیا جاتا تھا، جس کی

مہک دور دور تک پھیل جاتی تھی۔ چاندنی راتوں میں راجہ اور رانی دونوں ناؤ پر اس پوکھر میں سیر کیا کرتے تھے۔ یہ پوکھر بہت بڑا تھا۔ بھرتے بھرتے بھر گیا اور جو نشان باقی رہ گیا ہے وہ بھی راجہ اور راج محل کی طرح مٹ جائیگا۔

گاؤں میں اب کسان ہی کسان رہتے ہیں۔ پرجا ہی پرجا — راجہ کو مرے برباد ہوئے تو زمانہ بیت گیا، اُس کا راج محل تو میدان ہے۔

یہ میدان گاؤں والوں کے لئے سب کچھ ہے۔ ہر روز سارے گاؤں کے ڈھور اس میدان میں جمع ہوتے ہیں۔ لوگ اپنی اپنی بھینسوں کو کنوئیں پر دھوتے ہیں۔ پھر گھر لے جاتے ہیں۔ فصل کٹنے پر کھلیان لگتے ہیں۔ روکھ پیڑ نے کو کولھو بٹھاتے اور گو بہ سار بناتے ہیں۔ گاؤں کے لڑکے صبح سے شام تک کھیلتے اور بڑے بوڑھے کسی پیڑ کے نیچے بیٹھ کر باتیں کرتے ہیں۔

کاتک کا مہینہ تھا۔ ٹھنڈک ابھی تھا سی پڑنے لگی تھی اور میدان میں کتکی دھان کا کھلیان لگایا جانے لگا تھا۔ گاؤں میں نئی زندگی پھیلی ہوئی تھی۔

کچھ لڑکے میدان میں کبڈی کھیل رہے تھے۔ عورتیں کنوئیں سے پانی بھر کر اپنے گھروں کو لیجا رہی تھیں۔ بھگو اپورب کی طرف آگ جلا کر اپنی لاٹھی کو سینک کر سیدھی کر رہا تھا۔ اُسی دن وہ اپنی بہن کے گھر دھرم پور سے آیا تھا۔ بہنوئی نے چلتے وقت یہ لاٹھی اپنی بسواڑی میں سے کاٹ کر دی تھی۔ لاٹھی بیچ کی طرف سے ذرا ٹیڑھی تھی۔ اس کا سیدھا کرنا ضروری تھا۔

پھگو اسنے لاٹھی سیدھی کرنے کو الاؤ جلا رکھا تھا۔ وہ پہلے لاٹھی کو سینک کر پیپل کی جڑ میں پھنسا کر اُسے سیدھا کر رہا تھا۔ وہ اپنی بہن کے یہاں سے ایک گیت سیکھ کر آیا تھا۔ اُس گیت کو ہلکے ہلکے سُروں میں گاتا جاتا تھا۔ ساتھ ہی اُس کے دماغ میں بہت سی باتیں گھوم رہی تھیں۔ سب سے زیادہ یہ کہ گاؤں میں ایک بہت بڑی سبھا ہونی چاہئے۔ ٹھیک ویسی ہی یا اُس سے بھی بڑی جیسی اُس کی بہن کی سسرال میں ہوئی تھی۔ اور سبھا میں وہ کھڑا ہو کر کل لوگوں کو ساری باتیں سمجھائے۔ جیسے وہاں ایک آدمی نے سمجھایا تھا۔

پھگو اپنے خیالوں میں مگن تھا کہ اکلو آگیا۔ یہ ادھیڑ عمر کا آدمی تھا۔ اور گاؤں کے ناتے میں پھگو کا چچا تھا۔ اکلو نے آتے ہی کہا۔

"بیٹا! لاٹھی تو اچھی ہے۔ مگر اس میں گڑا سا لگے تب"۔

پھگو نے پلٹ کر دیکھا اور بولا۔

"ہاں چچا۔ پر گڑا سا اچھا سا مل جائے تب نا"۔

شام ہو چکی تھی، دھیرے دھیرے اندھیرا بڑھتا جا رہا تھا۔ لاٹھی سیدھی ہو چکی تھی۔ اس نے خوب گھما گھما کر لاٹھی کو دیکھا۔ پھر پیپل کے پیڑ کے سہارے پر کھڑا کر کے دو قدم پیچھے ہٹ کر دیکھنے لگا۔ اکلو بھی لاٹھی کو ایک خاص نظر سے دیکھتا رہا جس کا مطلب یہی ہو سکتا ہے کہ لاٹھی اچھی ہے۔ اور اگر مل جائے تو بہت اچھا ہو۔

ابھی لاٹھی کو یہ دونوں دیکھ ہی رہے تھے کہ سامو اور باڑھو بھی گھومتے پھرتے آ گئے باڑھو نے آتے ہی کہا۔

"ارے بھتیا! ابھی اتنا جاڑا تو نہیں پڑتا۔ ابھی سے الاؤ تاپنے لگے۔"

اکلو بولا۔

"پھاگلو اپنی لاٹھی سیدھی کر رہا تھا۔ الاؤ کون تاپے گا ابھی۔"

باڑھو بولا۔

"مگر آگ بھلی معلوم ہوتی ہے بھائی۔"

یہ کہتا ہوا وہ آگ کے پاس بیٹھ گیا اور تاپنے لگا۔ اس کے بیٹھتے ہی اور لوگ بھی بیٹھ گئے۔ سانول اسی طرف آ رہا تھا اور ان لوگوں کی باتیں سن چکا تھا۔ وہ آتے ہی بولا۔

"واہ! باڑھو چچا پہلے تو دوسرے کو ٹوکا اور سب سے پہلے ہی بیٹھ بھی گئے آگ تاپنے۔ واہ۔"

باڑھو بولا۔

"ہاں بیٹا! اب آگ بھلی معلوم ہوتی ہے۔ اور ہم نے ٹوکا کب تھا۔ ارے ایسے ہی بول رہا تھا۔"

سب کے سب آگ تاپنے لگے۔ آگ ابھی زیادہ تھی۔ اس لیے کچھ دور ہی دور بیٹھے باڑھو نے پاؤں پھیلاتے ہوئے کہا۔

"ارے یہ لونڈے سب اتنے بدمعاش ہوتے جا رہے ہیں کہ کیا کہا جائے۔"

سانول نے کہا

کیا چچا، ہم لوگوں نے تو کوئی بدمعاشی نہیں کی۔"

باڑھو بولا۔

"نہیں تم سب کی بات نہیں۔ یہی تو میرا کہنا ہے تم سب جوان اور بال بچے والے ہوئے کبھی کوئی اونچی نیچی بات دیکھنے سننے میں نہ آئی۔ پر اب کی تو دنیا ہی بدلتی جا رہی ہے دیکھو ابھی راستے میں آ رہے تھے تو دیکھا کہ چھپی اور چھپیدو کے دونوں لڑکے رنڈ (رانڈ) کی ڈنٹھل جلا کر بیڑی کی طرح بھک بھک کھینچ کر دھواں اڑا رہے ہیں۔ ڈانٹا تو دونوں کھانستے ہوئے بھاگے۔ سب کا کلیجہ جل جائیگا"۔

اتنے میں چھپی آگیا، اور باڑھو نے اس سے بھی یہ بات دہرادی۔ لیکن چھپی نے کہا۔

"بھیا۔ اب اوجھا نا ہی نہ رہا۔ ہم سب بھی کبھی لڑکے تھے۔ ایک کا قصہ سنو گے تو دنگ رہ جاؤ گے۔ ابھی کل کی بات ہے ہم میدان سے آ رہے تھے۔ میرے ہاتھ میں لوٹا تھا خیال ہوا کہ بڑے کنوئیں پر لوٹا مانجھ کر پانی بھر لیں۔ جیسے ہی کنوئیں پر پہنچے تو دیکھا۔ رینو کلوا کی عورت کا راستہ روکے کھڑا ہے۔ وہ کہہ رہی ہے۔ جانے دو رینو۔ تو رینو کہتا ہے ایسے نہیں بھوجی! ایسے کہو۔ ع موری راہ چھوڑ دو گردھاری دیر ہوئی۔ یاد ہے کرشن لیلا والا گانا۔ جب اس نے بالٹی اٹھا کر کہا کہ سارا پانی اچھل دوں گی تو راستے سے بھاگا"۔

سانول بڑے زور سے قہقہہ لگا کر ہنسا اور بولا۔

"اچھا! یہ بھی کوئی بات ہے۔ بھوجائی ہے وہ ہنسی ٹھٹھا کرتا ہوگا ——— جانتے ہی ہو رینو کیسا منہ زور ہے"۔

لیکن چھپی نے بزرگانہ انداز میں کہا۔

"مش۔ یہ بھی کیا ٹھٹھا ہے۔ ایسے ہی لڑکے خراب ہو جاتے ہیں۔ یہ تو ہم نے دیکھا تھا

کوئی دوسرا دیکھ لیتا تو نہ جانے کتنی باتیں جوڑ کر کہتا اور بدنامی ہوتی۔ گاؤں میں ایسی بات کبھی نہیں ہوئی۔

سانول چپ ہو گیا۔ اور بدھو نہ جانے کب تک بولتا رہتا لیکن سامو نے بیچ ہی میں روک کر کہا۔

"مہرے بھاگو تو نے تو کچھ کہا نہیں۔ سنا ہے دھرمپور میں بڑی بڑی سبھا ہوئی۔ بڑے بڑے لوگ جمع ہوئے کسانوں کے فائدہ کی بات ہوئی۔"

بھاگو نے اس انداز سے سب پر نگاہ ڈالی جیسے وہی اکیلا سب کچھ جانتا ہے۔ باقی سب کاٹھ کے الو ہیں۔ پھر بولا۔

"ہاں بہت بڑی سبھا ہوئی تھی۔ ایک سادھو جی بھی آئے تھے۔ وہ سب کو ایک بات کہہ گئے۔ سب کسان ایک ہو جائیں۔ آپس میں مل جل کر رہیں۔ تب ہی زمیندار کے ظلم سے بچ سکتے ہیں۔

سانول بولا

"بھیا بات پتے کی ہے۔ ہم لوگ پر جتنا ظلم ہوتا ہے اسے کون جانے۔ سال بھر محنت کر کے اگجاتے ہیں اور ہمارے ہی بال بچے بھوکوں مرتے ہیں۔"

آگ کچھ دھیمی ہو چلی تھی، اس لئے بدھو کچھ اور بھی آگ سے قریب ہو گیا اور بولا۔

"بات تو ٹھیک ہے پر ہونا مشکل ہے نا؟"

بھاگو بولا۔

یہ مشکل کیا ہے؟ آج سے ہم لوگ ٹھان لیں کہ آپس میں مل جُل کر رہیں گے نہ زمیندار کو بیگار نہیں دیں گے۔ کوئی ناجائز دباؤ نہیں سہیں گے۔ بس! دھرم پور میں تو ایسا ہی ہوا ہے۔ اب تو وہاں چین ہی چین ہے۔"

ابھی بات آگے نہیں بڑھی تھی کہ طوفانی میاں آ گئے۔ یہ بوڑھے آدمی تھے اور تیس برس سے گاؤں ہی میں گھر چلاتے تھے۔ طوفانی میاں نے آتے اپنا ٹھریا (معمولی قسم کا حقہ) ذرا الگ رکھ کر ایک دم لگایا۔ اور اس انداز سے سب کی طرف متوجہ ہوئے، جیسے ایک مجسٹریٹ وکیلوں کی بحث سننے کے لئے تیار ہو۔ لیکن طوفانی میاں کو متوجہ دیکھ کر سب کے سب چپ ہو گئے۔ جیسے اب وہ کچھ کہنے والے تھے۔ جب کوئی کچھ نہ بولا تو طوفانی میاں بولے۔

"ارے سب چپ ہو گئے، بات کیا تھی؟"

سانول نے جواب دیا۔

"پھاگو دھرم پور گیا تھا طوفانی چچا۔ وہیں کی بات تھی۔"

"کیا بات تھی؟"

طوفانی میاں نے اِس انداز میں سوال کیا، جیسے اگر اُنہیں نہ بتایا گیا تو پھر کوئی بات ہوئی ہی نہیں سب کا سننا بے کار رہا۔ پھاگو نے پھر سے ساری بات دہرادی۔ طوفانی میاں نے حقے کا لمبا دم لگا کر بزرگانہ انداز میں کہا۔

"بات تو ٹھیک ہے۔ مگر بھائی یہ کرم کی لکھی باتیں ہیں۔ آدمی کیا کر سکتا ہے۔ یہ سب خدائی کارخانہ ہے۔

طوفانی میاں نے ایک ہی جملے میں سب کی ہمت توڑ دی۔ اب بھلا خدائی کارخانے میں بحث کرنے کا سوال کیسے پیدا ہوتا۔ جھکّو تیلی نے کہا۔

"طوفانی میاں نے سولہ آنہ ٹھیک بات کہی ہے۔ پرماتما نے سدا کے لئے آدمی کو بڑا چھوٹا بنایا ہے۔ اگر ایسا نہ ہوتا تو اپنا کام ہی نہ چلتا ——"

چھٹو دھوبی نے اور آگے بڑھکر داد دی اور کہا۔

"ہونہہ اگر جمیندار نہ رہے گا تو کوئی نہ رہے۔ سب جمیندار ہو جائیں تو پھر کھیتی کون کریگا۔"

دلّو چپ چاپ بیٹھا سن رہا تھا۔ وہ بڑا جوشیلا تھا، سب کی باتیں سنکر اس کا خون کھول رہا تھا۔ لیکن اُس کا چچا طوفانی میٹھا تھا۔ بات آ آکر اُس کے ہونٹوں پر رُک جاتی تھی۔ لیکن اب اُس سے ضبط نہ ہوسکا۔ اُس نے کہا۔

"اپنے کئے سب کچھ ہو سکتا ہے۔"

طوفانی میاں نے اور اُن کے ساتھ دوسروں نے اس کو آنکھیں نکال کر دیکھا۔ وہ حال ہی میں کلکتہ سے آیا تھا۔ کلکتہ میں وہ جہاز گھاٹ پر قلی کا کام کرتا تھا۔ دن رات محنت، چین جاپان اور امریکہ سے آئے ہوئے مال جہاز سے اتارا کرتا تھا۔ اُس کو کمپنی سے روز جھگڑنا پڑتا تھا۔ وہ پہلے کئی ہڑتالوں میں شریک ہو چکا تھا۔ اور وہ دیہات میں زمینداروں کے ظلم سے بھی واقف تھا۔ اُس نے کہا۔

"ہم لوگ کو اب تیار ہونا ہی پڑے گا۔"

سانول نے کہا۔

"ٹھیک کہتے ہو دلو ———"

طوفانی میاں نے قہر آلود نگاہوں سے دلو کو دیکھا اور بڑبڑاتے ہوئے اُٹھے۔ سچ ہے کلکتہ جانے سے آدمی کا دماغ خراب ہو جاتا ہے"! اُس کے ساتھ ہی چھٹو اور ایک دو آدمی اُٹھ کر چلے گئے۔ اور اس انداز سے جیسے اُس جگہ پر کوئی آفت آنے والی ہے۔ لیکن ان لوگوں کو اس کی پرواہ بھی نہ ہوئی۔ بلکہ سانول نے کہا۔

"ظلم پر ظلم ہے۔ پرسوں ہی کی بات ہے منگیھو کو پٹواری جی نے مارا ہے۔ بات یہ تھی کہ پٹواری جی چاہتے تھے منگیھو کی عورت آکر ان کا چوکا کرے اور اس نے انکار کر دیا۔"

"یہ سب اب نہیں چل سکتا۔ کل منگیھو کو کہا جائے کہ وہ بھی کام کرنے نہ جائے۔"

دلو نے رائے پیش کی۔ اور سب نے ہاں کہی۔ پھر آگے چل کر کیا ہوگا؟ اس پر بھی بحث رہی لیکن سب نے نتیجے سے بے پرواہ ہو کر یہی فیصلہ کیا کہ پٹواری جی کو رسید انہ نہ دیا جائے۔ دباؤ ڈال کر دودھ گھی وصول کر لیتے ہیں۔ وہ بھی بند۔ اور بیگاری آخری طور پر ختم ———"

"بیگار ختم" کہتے وقت دلو نے تھوڑا سا کوڑا کرکٹ اٹھا کر الاؤ میں ڈال دیا۔ الاؤ سے پھر ایک بار تھوڑی سی آگ بلند ہوئی اور بجھ گئی۔ سانول نے کہا۔

"تب دلو ٹھیک ہے نا؟"

دلو نے کہا

پکا بات ہے بھائی۔ مرد بات سے نہیں پلٹتا۔"

بھاگو نے کہا ——— "بالکل ٹھیک"

پھر سنتّی بولا۔

"لیکن دلو بھیا۔ وہ جو پنڈت جی آتے ہیں نا۔ کہتے تھے کہ تم سب چپ چاپ بیٹھے رہو۔ یہ سب کام کانگرس کر دیگی۔"

سینتل کے بولنے سے جمن کو بھی ہمت ہوئی۔ وہ بھی اپنے ماموں کے گھر گیا تھا۔ وہاں مسلمانوں کا ایک بڑا جلسہ ہوا تھا جس میں کانگرس کی برائیاں وہ سُن چکا تھا۔ اُس نے کہا

"دلو بھائی ـــــ کانگریس ـــــ مولانا صاحب تو کہتے تھے ـــــ"

دِلو نے ذرا تیکھے انداز میں کہا۔

"دھت۔ یہ سب بکتے ہیں۔ گریب کا کوئی سالا نہیں ہوتا۔ اپنے کرنا ہوگا جو ہو۔"

یہ کہتے ہوئے دلو اُٹھ کھڑا ہوا۔ رات بھی کافی جا چکی تھی۔ الاؤ بھی بجھ چکا تھا اور فضا میں ٹھنڈک کافی پیدا ہو چکی تھی۔ دلو کے اُٹھتے ہی سب کے سب اُٹھ گئے۔

دوسرے دن سے سارے گاؤں میں ہلچل تھی۔ بوڑھے بچے اور جوان سب کے سب کچھ نہ کچھ اس قسم کی باتیں کرتے تھے۔ جوان تو ہر دروازے پر کہتے پھرتے تھے "آج سبھا ہوگی" بچے تماشہ سمجھ رہے تھے اور بوڑھے نتیجے پر غور کر رہے تھے۔ کہ بھس میں چنگاری پڑ گئی۔ پٹواری نے اندر مہتوں اور طوطا رام کو بلا کر خوب ڈانٹا۔ گالیاں دیں اور صاف صاف کہدیا کہ اگر اس سال تم لوگوں نے لگا یا بے باقی نہیں کر دیا تو کوئی کھلیان سے ایک دانہ بھی اُٹھا کر نہ لے جا سکے گا ـــــ اس سے جوش اور بھی بڑھ گیا۔

شام کو دو چار نوجوان میدان میں جمع ہوئے۔ مگر زیادہ لوگ کترا کر نکل گئے۔ سبھا کرنے والوں کو سخت غصہ ہوا۔ وہ سب کے گھروں میں پھر گئے۔ اور سب سے کہا۔ سب کا حشر طوطا رام اور اندر مہتو کا ہوگا۔ تم سب چڑیوں کی ٹولی کی طرح چیں چیں کرتے رہ جاؤ گے اور پٹواری تمہیں باز کی طرح ہر روز شکار کرے گا۔ آج وہ کل وہ۔

صبح اُٹھ کر ساونل منہ دھونے بیٹھا تھا کہ پیارے نے آکر کہا۔

"ساونل بھائی۔ تمہیں پٹواری جی نے بلایا ہے۔ کوئی ضروری بات ہے۔"

ساونل کا ماتھا ٹھنکا تو ضرور لیکن وہ چور نہیں تھا، جو منہ چھپاتا، منہ ہاتھ دھو کر اُس نے کچھ کھایا پیا اور کچہری کی طرف چلا۔ راستے میں اُسے خیال آیا کہ اس کی خبر دلّو کو بھی کرتا جائے۔ جیسے ہی دلو کے گھر کی طرف مڑا بھاگو اور دلّو آتے دکھائی پڑے۔ بھاگو نے ساونل کو دیکھتے ہی کہا۔

"بھیا جانتے ہو کچہری سے بلاوا آیا تھا۔ گماشتہ جی بھی آئے ہوئے ہیں۔ اور یہ بھی معلوم ہوا ہے کہ مالک سے کوئی خاص حکم لے کر آئے ہیں —— کیا رائے ہے ——؟"

ساونل نے جواب دیا۔

چلو تمہارے دالان میں بیٹھ کر بات کریں گے۔"

تینوں گئے اور بیٹھ کر باتیں کرنے لگے۔ بھاگو نے یہ بھی بتایا کہ اُن کی ساری باتیں پٹواری کے کانوں تک جھبّو دھوبی پہنچاتا ہے۔ اس سے ساونل کو بڑا غصہ آیا اور وہ بولا۔

"دو سالے کو پکڑ کر چار لاٹھی۔ ہم لوگ سے کھود کھود کر بات پوچھتا ہے اور اپنے

بلوا کو کہہ آتا ہے۔ حرامی!

۔ دلو نے کہا۔

۔غصہ کرنے کی بات نہیں ساؤل۔ کام کرنا ہے۔ دھیرج سے کام کرنا ہوگا ــــــــ"

ساؤل نے کہا۔

"ایسے سالوں کو سزا ضرور ملنی چاہیئے۔"

پھاگو نے پوچھا

" تو اب کیا ہوگا؟"

"ڈرنے کی بات کیا ہے۔ ٹھہرو پٹواری نے بلایا ہے، وہاں سے ہو آؤں۔ دیکھوں بات کیا ہے؟"

ساؤل چلا گیا۔ دلو اور پھاگو کچہری سے ہو کر آئے تھے۔ اُن دونوں پر ڈانٹ پڑ چکی تھی۔ لیکن ان دونوں نے ساؤل سے باتیں اس لئے نہیں کہیں کہ وہ اور بھی غصہ ہو جائیگا ذرا سی بات میں اُس کو غصہ آجاتا ہے اور روکنے کی کوشش اس لئے نہ کی کہ وہ ہر گز نہ رکتا۔ بلکہ بات اور بھی بڑھنے کا ڈر تھا۔ وہ دونوں دیر تک چپ رہے لیکن پھاگو نے کہا۔

"دلو بھائی ساؤل کو وہاں نہ جانے دینا تھا۔ گماشتہ جی اگر ٹیڑھے ہو کر بولیں گے تو ساؤل بھیّا نہیں سہ سکتے۔ وہ تیکھے مزاج کے آدمی ہیں۔"

دلو نے ایک لمبے سانس کے ساتھ کہا۔

"یہ ٹھیک ہے۔ پر نہ جانے پر بھی تو بات بڑھتی ہے۔ اب جو بھی ہو دیکھا جائیگا۔"

بھاگو بولا۔

"پھر بھی . . . ."

یکایک وہ چپ ہوگیا۔ ساونل تیزی کے ساتھ سامنے سے آرہا تھا۔ اُس کا چہرہ لال ہو رہا تھا۔ اور دھوتی پھٹی ہوئی تھی۔ ابھی وہ دلّو سے کچھ کہہ بھی نہ سکا تھا کہ ساونل آگیا اور آتے ہی بولا۔

"بھاگو لاٹھی تو دے ــــــ"

دلّو اور بھاگو دونوں کھڑے ہو گئے۔ دونوں نے ساونل کو سمجھایا مگر وہ تنا جا رہا تھا ــــ اُس نے بتایا کہ وہاں بٹوارے اور گماشتہ نے ڈانٹا، بات بڑھی اس پر گماشتہ نے پھاٹک بند کروا دیا اور چاہتا تھا کہ مار پیٹ کرے۔ مگر وہ اس طرف کی دیوار کو جو نیچی ہے پھاند کر بھاگ آیا۔ اس نے یہ بھی بتایا کہ جھپٹو اور چھیپی حجام سارے فساد کی جڑ ہیں اور وہ ان دونوں سے بدلہ ضرور لے گا

دلّو ہوشیار آدمی تھا، اُس نے ساونل کو ایک کمرے میں بند کر دیا اور باہر سے کنڈی لگا دی بھاگو جوش میں تھا اور کچھ ڈر رہا تھا۔ دلّو پر کوئی خاص اثر نہ تھا۔ وہ ایسے جھگڑے کلکتہ میں بار بار دیکھ چکا تھا بھاگو کے لئے بات نئی تھی۔ جوش تو ضرور تھا، مگر ایک تو دل کا کچھ کچا تھا اور دوسرے سمجھ بھی زیادہ نہ تھی۔ وہ گھبرا کر دلّو کا منہ دیکھنے لگا۔ پھر بولا۔

"اب کیا ہوگا دلّو بھائی"

دلّو بولا۔

"دیکھا جائے گا ــــــ"

اتنے میں گاؤں کے کچھ بڑے بوڑھے آگئے اور لگے دونوں کو سمجھانے۔ دلو سب کی بات کا ٹھنڈے دل سے جواب دیتا گیا۔ سب نے یہ بھی کہہ دیا گیا کہ اب کوئی بات نہ ہوگی۔ سانول چلا گیا۔ لیکن جب کچھ جوان آدمی آئے تو اُن سے بولا۔

"بولو اب کیا ارادہ ہے۔ اب عزت چاہتے ہو یا ذلت؟"

ذلت کون چاہتا ہے سب نے کہا کہ کچھ بھی ہو ہم ساتھ دیں گے۔ لیکن دلو نے سب کو سمجھا دیا کہ کوئی اونچی نیچی بات نہ ہونے پائے۔ صرف اب کام یہ کرنا ہے کہ آس پاس کے گاؤں میں لوگوں کو تیار کیا جائے۔ ابھی بات ختم بھی نہ ہونے پائی تھی کہ کچہری سے زمیندار کے پیادے لاٹھیاں لیکر سانول کو پوچھنے آئے۔ دلو نے کہہ دیا کہ وہ کہیں چلا گیا لیکن چھیپی حجام نے دیکھ لیا تھا کہ وہ اسی مکان میں آیا ہے اور ان دونوں نے اس کو کمرے میں بند کر دیا ہے۔ چھیپی نے پیادوں کو بتا دیا تھا اور پیادوں نے بات بات میں کہہ دیا کہ چھیپی سے معلوم ہو چکا ہے کہ وہ اسی مکان ہے۔ ایک دو نے یہ بھی کہا کہ وہ اُسے پکڑ کر لے جائے بغیر نہیں رہینگے

اب دلو کو تاب نہ رہی۔ اس کا چہرہ غصے سے لال ہو گیا۔ ہونٹ کانپنے لگے اُس نے تن کر کہا۔

تم اسے نہیں لیجا سکتے۔ اگر تم زمین لال کرنا چاہتے ہو تو کنڈی کو ہاتھ لگاؤ ــــــ"

پیادے آگے بڑھنا چاہتے تھے مگر پندرہ بیس آدمیوں کو دیکھ کر اُن کی ہمت نہ پڑی اُن میں سے ایک دو نے یہ بھی رائے دی کہ چلکر مالک سے سارا حال کہہ سنانا چاہیے۔ بغیر

حکم کے جھگڑا مول لینا ٹھیک نہیں۔"

اس وقت سے شام تک ایک ہی خبر اڑتی رہی۔ گماشتہ جی دوسری جگہوں سے آدمی بلوا رہے ہیں کہ گاؤں لوٹ لیا جائے کھلیان پر قبضہ کر لیا جائے۔ اب کھلم کھلا لڑائی کا اعلان تھا۔ گاؤں کے بڑے بوڑھے چپ تھے۔ اب کس کی طرف سے بولتے اور کس کو سمجھاتے ——— اور ان کی سنتا بھی کون تھا۔ ایک طرف تھا حکومت کا غرور، اور دوسری طرف عزت کا احساس۔ ان دونوں میں سمجھوتے کی گنجائش کہاں ہے!

بات بڑھی تو کام بھی بڑھ گیا۔ آس پاس کے سارے گاؤں میں سنسنی پھیل گئی۔ ہر گاؤں کے لوگ اٹھ کھڑے ہوئے۔ سب کے ساتھ ایک ہی جیسی بات تھی۔ ہر ایک کو ایک ہی قسم کی مصیبت کا سامنا تھا۔ اب سب کے سب ایک دوسرے کی مدد کرنے پر تیار تھے۔

زمیندار کے کارندے کسانوں سے زیادہ عقلمند ہوتے ہیں۔ ان کا کام ہی ہے کسانوں پر زمیندار کا رعب باقی رکھنا ان کے لئے کام کرنا تحصیل وصول اور حکم نہ ماننے کی سزا۔ سر اٹھانے والوں کا سر کچلنا۔ اسی لئے تو زمیندار انہیں رکھتا ہے۔ یہ لوگ سب کچھ جانتے ہیں کس وقت کیا کام کرنا چاہیئے۔ فیل بان جانتا ہے کہ ہاتھی کو کس طرح قبضے میں رکھا جاتا ہے۔

پٹواری جی کچہری سے نکلے اور تھانہ پہنچے۔ ایک رپورٹ لکھوائی۔ گاؤں کے کسان کچہری کو لوٹنا اور کھلیان سے سارا غلہ اٹھا لینا چاہتے ہیں۔ گماشتہ جی گئے اور مالک کے

کان بھرے اور بہکے ہوئے کسانوں کو راستے پر لانے کا سامان ہو گیا۔ یہ لوگ گاؤں میں چڑیوں کی طرح چیں چیں کرتے رہے۔

دو چار دن بھی نہ گزرے تھے کہ سانول، ڈلو اور بھاگو کے ساتھ کئی آدمی کو دفعہ ۱۴۴ کی نوٹس مل گئی۔ وہ نہ تو کھلیان کی طرف جا سکتے تھے اور نہ کچہری کی طرف ـــــ گاؤں میں ایک بڑی سبھا بھی ہوئی تو یہ لوگ میدان میں نہ جا سکے۔ وہاں کھلیان تھا۔

سبھا ہونے کے بعد کچھ اور لوگ بھی سامنے آ گئے۔ اور اُن پر بھی نظر کڑی پڑنے لگی۔ لیکن آگ جو لگی تھی، وہ کبھی نہیں بُرھتی ہی گئی۔

سانول صبح سویرے اپنی ضرورت سے کھیتوں کی طرف جا رہا تھا۔ اُس کے ایک ہاتھ میں پانی سے بھرا ہوا لوٹا تھا۔ سامنے جھیپی آتا ہوا دکھائی پڑا۔ سانول ٹھہر گیا۔ جھیپی ٹھہر گیا۔ جھیپی جیسے ہی پاس آیا، سانول بولا۔

تم کو ہم سب سے بیر کا ہے کا جھیپی بھائی۔ تم کو سوچنا چاہئے۔ کہ تم بھی کسان ہو"

جھیپی بولا۔

"تم لوگ تو جھوٹ موٹ بدنام کرتے ہو ـــــ"

سانول کو اس کا یہ کہنا دھوکا نہیں دے سکتا تھا۔ وہ سب کچھ جانتا تھا۔ بولا۔

"دیکھو جھیپی بھائی، یہ سب کہنے سے ہم نہ مانیں گے۔ یاد ہے تم کو۔ اسی پٹواری نے تم کو مارا تھا۔ بات ذرا سی تھی نا۔ ایک دن بدن میں تیل ملنے نہ گئے تھے ـــــ اپنی بے عزتی بھی بھول گئے۔"

"جھیبی کترا کر نکل جانا چاہتا تھا۔ بولا۔

"بیکار بات کرنے کا کوئی فائدہ نہیں۔"

ساؤل نے کہا۔

"یہی تو کہتا ہوں۔ ایسی بات کیوں کرتے ہو جس سے تمہارا کوئی فائدہ نہیں ہے"

لیکن ساؤل اس بات کو بھول گیا تھا۔ کہ پھاگو کا باپ گاؤں کا براہل تھا۔ اور اسی زمانے میں بہت سا کھیت جھیبی سے لیکر زمیندار نے پھاگو کے باپ کو دیدیا تھا۔ اِس سے اُس کا دل آج تک صاف نہیں ہوا تھا۔ گو بات بہت پُرانی ہو چکی تھی۔

جھیبی نے کہا۔

سنو ساؤل! تم بیچ میں نہ پڑو۔ پھاگو کے باپ نے بڑا ظلم ڈھایا ہم پر۔۔۔۔"

"یہ بات بڑی پرانی ہو چکی اِسے بھول جاؤ۔ یا کہو تو پھاگو سے کہہ کر تمہارا کھیت دلوا دوں ——— لیکن یہ تو سوچو کھیت تم سے باڑھو چاچا نے تو لیا نہیں۔ لیا تو تھا زمیندار ہی نے۔ قصور کس کا ہے؟"

مگر جھیبی پر ان باتوں کا اثر کیا ہوتا۔ اُس نے کہا۔

ساؤل میں تم سے بحث کرنے نہیں آیا ہوں ———"

"سب ٹھیک۔ پر یہ تو بتاؤ۔ اُس دن تم پیادے کیوں لائے تھے۔ ان کو کیوں بتایا تھا کہ ساؤل پھاگو کے گھر پر ہے۔ بیسکر باپ نے تو تمہارا کھیت نہیں لیا تھا۔"

جھیبی کھسیا گیا اور اُس نے کہا۔

"مجھے بحث کرنے کی فرصت نہیں۔"

وہ دو قدم آگے بڑھا۔ لیکن سانول نے اُس کا راستہ روک لیا۔ اور خفا تیکھا ہو کر بولا۔

"سنو جھیپی بھائی، تمہیں جواب دینا ہوگا۔ کسی کی راہ میں کانٹے بچھانا اچھا نہیں، یہ تمہارے حق میں بڑا برا ہوگا۔"

جھیپی جانتا تھا کہ سانول غصیل آدمی ہے۔ اِس لئے وہ کسی طرح بات کاٹ کر نکل جانا چاہتا تھا۔ وہ خوب اچھی طرح جانتا تھا کہ بھاگو کے باپ پر جو الزام رکھ رہا تھا، وہ بھی غلط تھا۔ وہ یہ بھی جانتا تھا کہ گاؤں میں کسی نے کچھ اُس کا بگاڑا نہیں تھا اور وہ صرف اپنے فائدے کے لیے گاؤں بھر کے آدمیوں کو نقصان پہنچا رہا تھا۔ اور پٹواری تک خبر پہنچانے کے بعد گاؤں کے سارے لوگوں سے الگ سا ہو گیا تھا مگر اب بُرے کے پھندے پڑ گیا تھا۔ سانول کو جواب دیئے بغیر چلے جانا ممکن نہ تھا اُس نے کہا۔

"سانول دیر ہو رہی ہے ہمیں کام ہے راستہ چھوڑ دو۔"

اگر کھُلا ہوا راستہ ہوتا تو شاید جھیپی کسی دوسری طرف سے چلا جاتا۔ مگر راستہ کے لئے ایک ہی پگڈنڈی تھی اور اس کے دونوں طرف اوکھ کے گھنے کھیت تھے۔ جس میں آدمی سے زیادہ اونچے اوکھ لہلہا رہے تھے۔ راستہ بالکل نہ تھا۔ اس کے کہنے پر بھی سانول نے راستہ نہ دیا تو جھیپی نے چاہا کہ اس کو ہٹا کر چلا جائے ــــــــ لیکن

سانول نے اُس کا ہاتھ پکڑ لیا جھبیپی نے جھٹکے سے ہاتھ چھڑا لیا اور بولا۔

"لڑنا چاہنے ہو گیا ؟"

سانول بولا

"ہم لڑنا نہیں چاہتے لیکن اس کی ضرورت پڑی تو باز بھی نہ آئیں گے ہم تو تم سے یہی پوچھ رہے ہیں کہ تم نے ایسا کیوں کیا ؟"

جھبیپی کو غصہ آچکا تھا۔ اُس نے کہا۔

"کہا تو اس میں کسی کے باپ کا کیا ــــــ"

سانول کو ایسی باتوں کی تاب کہاں تھی۔ وہ دیر سے اپنے غصے کو دبائے ہوئے تھا۔ گالی جھبیپی کے منہ سے نکلی ہی تھی کہ پانی سے بھرا ہوا لوٹا اُس نے جھبیپی کے سر پر دے مارا جھبیپی کے سر سے خون اور لوٹے سے پانی بہنے لگا۔ اور وہ چکرا کر گر گیا۔

بات اور زیادہ بڑھ گئی۔ تشکار خود ہی پھنس گیا۔ پولس آئی اور سانول گرفتار کر لیا گیا۔ لیکن سوال یہ تھا کہ گواہ کہاں سے آئے ؟ مقدمہ میں دوسرے لوگ کیسے پھنسیں۔ مگر روپیہ ہو تو یہ بھی مشکل نہیں۔ روپیہ خرچ کرنے والا ہونا چاہیے۔ کام کون سا ہے جو نہیں ہوتا۔ روپیہ ہو تو ایشور بھی خوش ہو سکتا ہے۔ مندر اور دھرم سالے بنا کر۔ کسی کو پھنسا لینا کیا مشکل ہے۔ زمیندار نے فیصلہ کر لیا کہ چاہے گاؤں اجڑ جائے لیکن سر اُٹھانے والوں کا سر کچلا ضرور جانا چاہیے۔

ایک طرف سانول کا مقدمہ کھلا، دوسری طرف دکوبھا گوا اور دوسرے کے خلاف

دھڑادھڑ رپورٹیں ہونے لگیں۔ یہاں تک کہ جب پورا غلہ کھلیان میں آگیا تو اُن سب پر جن پر کسی طرح کا شک تھا۔ دفعہ ۱۴۴ کی نوٹس تعمیل ہوگئی۔ سبھی کے سب ڈر سے کانپ رہے تھے۔ زمینداری تھی زمیندار کی اور راج تھا پٹواری کا ——————

آخر اس طرح کب تک چلتا۔ لوگ اُکتا گئے۔ غریبوں کے پاس اتنا روپیہ کہاں سے آئے جو مقدمہ لڑیں اس لئے چپ رہنا ہی بہتر۔ لیکن چپ رہیں تو کب تک دِلو نے بھاگو کو ایک دن بلا کر کہا۔

اب کچھ کرنا چاہئے۔ اگر چپ رہے تو مطلب یہ کہ پٹواری جی من مانی کرتے جائیں گے۔ اب جو بھی ہو۔

بھاگو اور دوسرے لوگوں نے بھی ملنے کا ساتھ دیا۔ اور بات طے پائی کہ جب تک کھلیان اُٹھے دوسرے گاؤں میں جلسے کئے جائیں۔ اور اِسی پر عمل بھی کیا گیا جب آس پاس کے سارے گاؤں میں تحریک چل پڑی تو دوسرے لوگ بھی جن پر ان کا اثر پڑ سکتا تھا، سر جوڑ کر بیٹھے۔ اور سر پر آنیوالی آفت سے بچنے کی ترکیبیں سوچنے لگے۔

بات بڑھتی گئی اور اُس کا اثر بھی بڑھتا گیا۔ رام دھنی بھی ایک کسان تھا جو ان لوگوں کے ساتھ پورے جوش کے ساتھ کام کر رہا تھا جب سالوں کی ضمانت نہیں ہوئی تو وہ کچھ بول گیا۔ اور سب کے ساتھ بدمعاشوں کی فہرست میں اس کا نام بھی آگیا۔ اور نشانہ بن گیا۔

ایک دن صبح ہونے سے پہلے ہی وہ کسی کام سے دوسرے گاؤں جا رہا تھا اور

دونوں طرف ادکھ کا کھیت۔ ہر طرف سناٹا اور اندھیرا۔ بہت دور جا بھی نہ سکا تھا کہ پیچھے سے کسی نے اس کے سر پر لاٹھی ماری۔ وہ گر پڑا پھر ایک دو چار پانچ دس ———— وہ ادھ مرا ہو گیا۔ سارے گاؤں میں اس سے کھلبلی مچ گئی

پولس آئی۔ بہت سے لوگ گرفتار ہوئے۔ گرفتار ہونے والوں میں دلو، بھاگو، جمن، ابر کھو سبھی تھے۔ یہ سب کے سب تھانہ سدھارے۔ ان پر کھیت کاٹنے، کھلیان لوٹنے اور رام دھنی پر حملہ کرنے کا الزام تھا۔ سب کا جیل جانا یقینی۔ چودھری خوش تھا۔ سارے بدمعاش پکڑے جا چکے تھے ———— وہ اپنی کامیابی پر خوش تھا۔ لیکن آئندہ کیا ہوگا؟ یہ سوال لرزہ خیز طور پر اس کے دماغ میں پیدا ہو جایا کرتا تھا۔

کھلیان بھرتا جا رہا تھا۔ لیکن اب کھلیان میں کسانوں سے زیادہ پولس کے سپاہی نظر آتے تھے۔ انہیں کھلیان کی حفاظت کرنا تھی۔ کسان سارے بے ایمان ہو چکے تھے۔ اور اس کی سزا بھی پا چکے تھے۔ مگر یہ بوڑھے اور بچے گاؤں میں بچ رہے تھے وہ بھی تو آخر کسان ہی تھے۔

پوس کا مہینہ تھا۔ کڑاکے کی سردی پڑ رہی تھی۔ کھلیان کی حفاظت کرنے والے سپاہی اپنے گرم کوٹوں کے باوجود ٹھنڈک سے گگڑے جاتے تھے۔ سب نے مل کر بڑا سا الاؤ جلایا تھا۔ آگ تاپ رہے تھے اور کہانیاں کہی جا رہی تھیں۔ الاؤ بجھنے لگا۔ ایک سپاہی اٹھتے ہوئے بولا۔

"ایک دن ساری چیز اسی طرح ختم ہو جائے گی"

دوسرا بولا

"سالے پٹواری کمپچر۔ اوہ لائن میں کیسے آرام سے رہتے ہیں اس وقت"

اُس کے اُٹھتے ہی دوسرے سپاہی بھی اُٹھ کر جھونپڑے میں چلے گئے اور الاؤ بجھ گیا۔

کھلیان میں سپاہیوں کا شور گاؤں کے سناٹے میں مل گیا ——— !

زمین پر الاؤ کی آگ بجھتی جا رہی تھی اور آسمان پر دھواں چھا رہا تھا۔

اندھیرے اور اجالے میں

اندھیرے میں

رات کے بارہ بج چکے تھے بنگلے سے باہر باغ میں کبھی کبھی اُلو کے بولنے کی آواز گونج اُٹھتی تھی۔ ورنہ ہر طرف بھیانک سناٹا چھایا ہوا تھا۔ اس خوبصورت اور لمبے چوڑے مکان میں صرف تین آدمی تھے۔ دو نوکر اور ایک مالک۔ باغ کا مالی، دور ایک کونے پر اپنی چھوٹی سی جھونپڑی میں پڑا سو رہا تھا۔ دونوں نوکر سائبان کے پاس والے کمرے میں اونگھ رہے تھے لیکن مکان کا مالک، اختر، جاگ رہا تھا اُس کو ایک بے چینی سی تھی۔ وہ کبھی مسہری پر لیٹ جاتا اور کبھی اُٹھ کر ٹہلنے لگتا کبھی سائبان میں آتا اور باغ کے پھاٹک تک نظر دوڑاتا۔ لیکن ہر طرف سناٹا دیکھ کر پھر کمرے میں واپس آجاتا تھا۔

اختر نے الماری میں سے ایک کتاب نکالی اور میز کے پاس کرسی پر بیٹھ گیا۔ کتاب کو پڑھنے لگا۔ ایک ہی منٹ میں اُس کو تھکن معلوم ہونے لگی۔ اُس نے سگریٹ کیس سے سگریٹ نکالا اور جلا کر پینے لگا۔ پھر کتاب دیکھنے لگا۔ لیکن دماغ میں اور ہی باتیں چکر کاٹ رہی تھیں۔ کتاب میں اُس کی طبیعت نہ لگی۔ وہ کرسی سے اُٹھا۔ پہلی کتاب الماری میں رکھ دی دوسری کتاب الماری سے نکال لایا۔ اور ورق اُلٹنے لگا۔ مگر اس کتاب میں بھی اُس کا دل نہ لگا —— تو صرف تصویریں دیکھنے لگا۔ بار بار تصویروں کو اُلٹ پلٹ کر دیکھتا رہا۔ پہلا سگریٹ ختم ہو گیا تو اُس نے دوسرا جلایا۔ اور کتاب کو میز پر رکھ کر سائبان میں آیا۔ ہر طرف اندھیرا تھا۔ وہ کئی منٹ تک آنکھیں پھاڑ پھاڑ کر ہر طرف نظر دوڑاتا رہا۔ آخر بے آس ہو کر کمرے میں واپس آیا۔ اور کرسی پر بیٹھ گیا۔ کچھ دیر نہ جانے کیا کیا سوچتا رہا۔ پھر کتاب کے ورق اُلٹنے لگا۔

تھوڑی ہی دیر میں اُس کو اپنا بدن گرتا ہوا معلوم ہونے لگا۔ آنکھوں میں جلن اور ہاتھ پاؤں میں ڈھیلا پن محسوس ہونے لگا۔ بار بار نیند کا سایہ دماغ پر پھیلنے لگا۔ وہ جمائی لیکر کرسی سے اُٹھا۔ کرسی کو گھسیٹ کر مسہری کے پاس لایا۔ اُس پر لیمپ رکھ کر مسہری پر لیٹ گیا اور تصویریں دیکھنے لگا۔ گھڑی نے ساڑھے بارہ بجائے۔ اُس کے چہرے پر مایوسی کی لہر دوڑ گئی۔ لیکن پھر اُسکو خیال آیا۔ موٹر اب تک نہیں آئی ہے میرا خیال غلط ہے۔ دوبارہ آس بندھی۔ وہ جاگنے کیلئے پھر تصویریں دیکھنے لگا۔ مگر اُس کی آنکھیں بند ہوئی جاتی تھیں۔ اور کوشش کر کے جاگ رہا تھا۔

دیر تک اُس کا یہی حال رہا کبھی تصویریں دیکھتا اور کبھی مکان کی چھت کو۔ اور اُس کی کڑیاں گنتا کڑیوں کی تعداد کبھی سولہ ہوتی کبھی اُنیس اور کبھی اٹھارہ۔ وہ کڑیوں کو صحیح طور

سے نہ گن سکا۔ تو اکتا کر نظر اُدھر سے پھیر لی اور اپنی میز کو دیکھنے لگا۔ میز پر قلمدان بے ڈھنگے طور سے رکھا تھا۔ اُس نے چاہا کہ اُٹھکر اُس کو ٹھیک کر دے۔ مگر نہ اُٹھ سکا۔ دیر تک دیکھتا اور سوچتا رہا۔ پھر اُس نے اپنی کتابوں کی الماری کو دیکھا۔ اُس کو معلوم ہوا جیسے نوکر نے بعض کتابیں اُلٹی رکھ دی تھیں۔ اُس کو بڑا غصہ آیا۔ اُس نے چاہا کہ نوکر کو پکار کر ڈانٹے لیکن نہ پکار سکا۔ چپ چاپ مسہری پر پڑا رہا۔ پھر اُس نے دروازہ کی طرف دیکھا۔ دروازہ سے باہر گہری تاریکی تھی۔ کچھ نظر نہ آیا۔ اسی حالت میں نیند نے اُس کو آلیا۔

یکایک موٹر کی آواز سے وہ اُٹھ بیٹھا۔ اور ہتھیلیوں سے آنکھیں مل کر دروازہ کی طرف دیکھنے لگا۔ موٹر سے کسی کے اُترنے اور پاؤں کے چاپ کی آواز اس کے کانوں میں پھیلی پھیلی سی آئی ——— پھر ایک خوبصورت جوان عورت بالکل سادہ کپڑے پہنے اُس کے کمرے میں آئی اور آتے ہی بولی۔

"معاف کیجیے گا۔ بڑی دیر ہوگئی۔"

اختر نے اسی طرح آنکھیں ملتے ہوئے کہا۔

"اوہ پیاری! تم نے بڑی راہ دکھائی۔ میں تو سمجھتا تھا کہ آج کی رات تمہاری خیالی تصویر کے ساتھ کھیل کھیل کر گزارنی ہوگی۔ نہ جانے کیسے نیند آگئی۔ خیر تم آگئیں۔ اطمینان ہوا۔ خدا کیلیے اتنی دیر نہ کیا کرو ورنہ وقت گذارنا میرے لیے کٹھن ہو جائیگا۔ آہ تم کو کیا معلوم . . ."

شوخ زہرہ نے مسکرا کر کہا۔

"جی ہاں دیر تو ضرور ہو گئی، معاف فرمایئے۔ اصل میں آج دو مجرے ہوئے، میں ختم کر کے فوراً ہی چلی آئی۔ اُف میں خود بھی بہت تھک گئی ہوں۔"

"مگر تم کو کچھ میرا خیال بھی کرنا چاہیئے زہرہ!" اختر نے شکایت کے طور پر کہا۔

"جی ہاں۔ مجھے آپکا کتنا خیال ہے۔ کیا بتاؤں۔ لیکن آپ نے اجازت دے رکھی ہے اُس سے فائدہ اُٹھانے کا خیال ہو گیا۔"

اختر زہرہ کیطرف اس انداز سے بڑھا۔ جیسے بھوکا کھانے کی چیز کیطرف اور اُسکا ہاتھ پکڑ کر بولا۔

"تم سے میں نے کل ہی کہدیا تھا کہ کسی قسم کی فکر نہ کرو۔ لیکن اب تم بڑی بلا ہے۔ دوسرے ہی دن سے تمہارا یہ طریقہ ہے۔ آہ تم کو کیا معلوم کہ جو محبت کرتا ہے۔ اُسکے دل پر کیسی گذرتی ہے۔"

زہرہ اختر کے پاس مسہری پر بیٹھ گئی۔ اور اُس کے بالوں سے کھیلتی ہوئی بولی۔

"آپ کو کیا بتاؤں کہ مجھے آپ سے کتنی محبت ہے۔"

اختر نے شکایت کے انداز میں کہا۔

"نہیں زہرہ! اگر تم محبت کرتیں تو دیر ہرگز نہ کرتیں۔ مگر تم لوگوں سے محبت کی امید ہی فضول ہے۔ تم محبت کو کیا جانو۔ صرف روپیہ کو جانتی ہو۔ یہ میری ہی غلطی ہے کہ تم سے محبت کی امید رکھتا ہوں۔"

زہرہ نے مسکرا کر اختر کو اپنے قریب کھینچنا چاہا۔ لیکن خود کھنچ گئی۔ تو اختر کے زانو پر لیٹ کر اُس کے گالوں پر ہاتھ پھیرتی ہوئی بولی۔

"تم ایسا سمجھتے ہو پیارے۔ اچھا لو میں کل سے ٹھیک دس بجے پہنچ جایا کرونگی۔ کل سے کسی کلموہے سے بات بھی نہ کروں گی۔ اب ہنس دو۔"

زہرہ نے اختر کے گلے میں باہیں ڈال دیں۔ اختر سب کچھ بھول گیا اور وہ بولا۔

"زہرہ! میری پیاری۔ تم کو اختر کے دل کا حال کیا معلوم۔ سچ کہتا ہوں۔ تمہارے بغیر میں زندہ نہیں رہ سکتا ——— آہ!"

زہرہ نے اختر کو مسہری پر لٹاتے اور خود بھی لیٹتے ہوئے کہا۔

"پیارے ڈیڑھ بج گیا ہے۔ بہت نیند آ رہی ہے تھکی ہوئی بھی ہوں۔ سو جاؤ اب۔"

اختر بولا۔ "اب میرے دل کو قرار آیا۔ تو تمہیں نیند آنے لگی۔"

زہرہ نے کوئی جواب نہ دیا۔ اختر بہت دیر تک زہرہ سے محبت بھری باتیں کرتا رہا اور زہرہ نیند میں ڈوبی ہوئی آواز میں اس سے باتیں کرتی رہی۔ آخر دونوں کو نیند نے اپنی گود میں لے لیا۔

اُجالے میں

پانچ بجتے ہی گھڑی نے الارم بجانا شروع کر دیا۔ اختر اُٹھ بیٹھا۔ اُس نے اِدھر اُدھر دیکھا پھر بولا۔

"زہرہ! اٹھو صبح ہو گئی۔"

لیکن زہرہ گہری نیند میں تھی۔ اُس نے کوئی جواب نہیں دیا۔ اختر نے زہرہ کا شانہ ہلکے سے ہلا کر کہا

"زہرہ صبح ہو گئی۔ اب اٹھ جاؤ۔"

لیکن زہرہ نے بدن کو سمیٹتے ہوئے کہا۔

"مجھے نہ اُٹھایئے۔ رات بہت تھکی ہوں۔"

لیکن اختر پر اُس کا کوئی خاص اثر نہ ہوا۔ وہ پھر اُس کو ہلاتے ہوئے بولا۔

"نہیں زہرہ صبح ہوگئی۔ اب اٹھ بیٹھو۔ اٹھو"

مگر زہرہ نے کروٹ بدلتے ہوئے کہا۔

"رات بہت تھکی ہوں پیارے۔ بلا سے صبح ہوگئی۔ مجھے سونے دو۔"

اختر نے اٹھ کر کمرے کا دروازہ کھول کر باہر دیکھا۔ آسمان پر آہستہ آہستہ سفیدی پھیلتی جا رہی تھی۔ وہ تیزی کے ساتھ مسہری کے پاس آیا۔ زہرہ گہری نیند میں تھی۔ ابھی گہری نیند میں تھی۔ ایسی گہری نیند میں تھی کہ اُس کو اپنے کپڑوں کا بھی ہوش نہ تھا مگر اختر نے اُس کا ہاتھ پکڑ کر ذرا کھینچتے ہوئے کہا

"زہرہ۔ زہرہ اُٹھو۔ بالکل صبح ہوگئی۔ . . . ."

مگر زہرہ نے اپنا ہاتھ کھینچ لیا۔ اور منہ بنا کر بولی۔

"آپ بہت تنگ کرتے ہیں سونے دیجئے مجھے۔ بلا سے صبح ہوگئی۔"

اختر بہت گھبرایا۔ وہ پھر دروازے کے پاس گیا۔ باہر آسمان کو دیکھا اور تیزی سے واپس آکر بولا۔

"نہیں زہرہ اٹھو۔ اٹھو جلدی کرو۔ بالکل ہی صبح ہوگئی۔"

"میری بلا سے صبح ہوگئی ——— اُف آپ بہت تنگ کرتے ہیں۔"

اختر نے گھبرا کر کہا۔

"نہیں زہرہ ضد نہ کرو۔ اُٹھو جلدی کرو۔"

بار بار نیند میں تنگ کرنے کی وجہ سے وہ ذرا چڑ کر بولی۔

میری جوتی سے صبح ہوگئی۔ میں نہیں اُٹھوں گی۔ سو جائیے اب تنگ نہ کیجئے۔ مجھے سونے دیجئے۔ میری طبیعت خراب ہو جائیگی۔"

اختر گھبرا کر کمرے میں چاروں طرف دیکھنے لگا۔ پھر بھاگ کر باہر سائبان میں گیا۔ سورج تو نہیں نکلا تھا۔ لیکن آسمان پر پھیکی پھیکی روشنی پھیل چکی تھی۔ ستارے ڈوب چکے تھے۔ موٹر اب بھی برساتی میں کھڑی تھی۔ ڈرائیور کو اٹھا کر کمرے میں واپس آیا۔ اور زہرہ کو جھنجھوڑ کر اٹھانے لگا۔ زہرہ نے لجاجت کے ساتھ کہا۔

"مجھے مت اُٹھائیے۔ میری طبیعت خراب ہو جائے گی۔ سونے دیجیے۔ خدا کیلئے۔"

"موٹر لگی ہے۔ گھر جا کر سو رہو زہرہ۔"

اختر نے کہا لیکن زہرہ نے چڑ کر کہا۔

"میں نہیں اُٹھوں گی جائیے۔"

اختر نے بھی چڑ کر جواب دیا۔

"یہ بیکار بات ہے۔ تمہیں اُٹھنا ہوگا۔ اُٹھو۔ اُٹھو!

اتنے میں گھڑی نے چھ بجائے۔ اختر اور بھی گھبرا گیا۔ اُس نے زور زور سے زہرہ کو جھنجھوڑ کر کہا۔

"اُٹھو اُٹھو! گھر جاؤ۔ ابھی گاڑی اسٹیشن جائے گی۔

"بلا سے جانے دیجیے۔ دیکھیے اب اُٹھائیے گا تو میں رونے لگوں گی۔ آپ سے لڑ پڑوں گی۔"

اختر نے بگڑ کر کہا۔

"یہ ضد اور بدتمیزی مجھے اچھی نہیں معلوم ہوتی۔ اُٹھو۔ اُٹھو۔"

زہرہ اُٹھ بیٹھی ۔ تنکھی نظروں سے اختر کو دیکھ کر اور منہ بنا کر بولی۔

"آپ پر یہ کیا دیوانگی سوار ہے۔"

اختر نے پھر کہا۔

"دیکھو، پاگل مت بنو۔ موٹر موجود ہے۔ گھر جا کر سو رہو۔ ابھی میرے بھائی صاحب آنے والے ہیں۔ موٹر انھیں لانے کو اسٹیشن جائے گی۔"

زہرہ نے ذرا تیز آواز سے کہا۔

"تو جانے دیجیے۔ مجھے خواہ مخواہ کیوں اٹھا رہے ہیں۔ میں تو سوتی ہوں۔"

اختر نے ہاتھ پکڑ کر زہرہ کو کھڑا کر دیا۔ اور دروازہ کی طرف اُس کو بڑھاتے ہوئے بولا۔

"جاؤ گھر جا کر سو رہو۔ جلدی کرو۔"

زہرہ بولی۔

"اور آپ سے مجھے ایک ضروری بات بھی کہنا ہے۔"

اختر نے اُس کو دروازہ کی طرف لے جاتے ہوئے کہا۔

"اب بات بھی ختم کرو۔ جاؤ جلدی۔ بھائی صاحب شام کی گاڑی سے چلے جائیںگے دس بجے آ جانا پھر بات کر لینا۔"

زہرہ نے غصہ میں کہا۔

"جی ہاں مجھ پر تو خفا نا آشنائی کا الزام تھا۔ رات کو کیا زنگ تھا اور اب کیا ہے

اور پھر رات کو بلا دا ابھی سے کیوں نہیں۔ ۔ ۔ ۔ ۔"

اختر کو تاب نہ رہی اور وہ غصہ ہو کر بولا۔

"آہ جاؤ جلدی۔ اس وقت دیر کرو گی۔ تو سارا کام بگڑ جائیگا۔"

زہرہ نے غصہ میں کہا۔

"جی ہاں کیوں نہیں۔ رات کو میرے بغیر کام نہیں چلتا۔ اور دن کو میرے رہنے سے کام بگڑ جائے گا۔ ہم لوگ تو۔ ۔ ۔ ۔ ۔"

اختر کانپنے سا لگا۔ اور بولا۔

"جاؤ، دفع ہو۔ نکلو بھی ——"

اُس نے زہرہ کو اور کچھ بولنے کا موقع نہ دیا گھسیٹ کر موٹر پر لا بٹھایا۔ اور ڈرائیور سے اُس کو پہنچا دینے کا اشارہ کیا۔ چند منٹ میں موٹر روانہ ہوگئی۔ وہ کھڑا موٹر کو دیکھتا رہا جب موٹر باغ کے دروازے سے باہر جا چکی تو اختر کو اطمینان ہوا۔ وہ کمرے میں واپس آیا۔ اور مسہری پر لیٹ کر ایک لمبی سانس لی۔

(۳) دو مزدور

چھوٹے سے ریلوے اسٹیشن کے پاس ہی چینی کا ایک بڑا سا کارخانہ تھا۔

اسٹیشن اور کارخانہ کے درمیان کچی سڑک پر پھوس کی ایک جھوپڑی تھی جھونپڑی کے دروازے پر ایک تختی لٹکی تھی جس پر لکھا تھا "گرم چائے" جھوپڑی کے اندر مٹی کا ایک چبوترہ تھا میز کرسی کے بدلے تاڑ کے پتوں کی ٹیٹی ٹنگی تھی چبوترے پر دو تین میلی اور ادھ ٹوٹی پیالیاں رکھی تھیں، اور دو تین میلی کچیلی دیگچیاں۔ ہوٹل کی ٹٹی والی دیوار چبوترے کے علاوہ سامنے سڑک تک پر مکھیوں کی ایک عظیم الشان فوج پڑاو ڈالے تھی۔ سامنے سڑک پر کیچڑ سے ذرا ہٹ کر ایک مریل سا کتا بیٹھا تھا ——— مزدوروں کا ہوٹل اور کیسا ہوتا۔

گاڑی آنے میں ابھی دیر تھی، بوڑھا ہوٹل والا جس کی ایک آنکھ "ماتا میا" کی بھینٹ

چڑھ چکی تھی۔ جلدی جلدی پانی گرم کرنے کی فکر میں تھا کبھی وہ میلی سی دیگچی کو چولھے سے اتار کر پنکھا جھلتا۔ اور کبھی دیگچی کو چولھے پر رکھ کر۔ کوئلہ کچا تھا۔ اس لیے ساری جھونپڑی دھوئیں سے بھری تھی۔ بوڑھا کبھی کبھی بیتابی کے ساتھ سڑک پر دور تک نگاہ دوڑاتا۔ پھر آپ ہی آپ بڑبڑانے لگتا: "اب تک نہیں آئی حرامجادی۔"

بوڑھا تھک گیا پنکھے کو الگ رکھتے ہوئے اس نے ذرا پریشانی ظاہر کرتے ہوئے کہا۔

"اوہ! بڑھاپے میں ہی سب دکھ لکھا تھا۔"

اتنے میں ایک بوڑھی عورت ایک ٹوکری میں کوئلے لیے ہوئے آئی۔ بوڑھے نے اس کو غصہ بھری نظروں سے دیکھا لیکن آہستہ آہستہ کچھ بڑبڑا کر رہ گیا۔ بوڑھی عورت نے ذرا تیز ہو کر کہا۔

"تمہیں تو غصہ ہی آتا رہتا ہے۔ سب کام بھلے اپنے ہی کر لو۔"

بوڑھے نے کہا۔

"ارے جمن کی ماں! تم تو بے پھول ہی بگڑ جاتی ہو۔ دیکھو نہیں سب کے آنے کا بیلا (وقت) ہو گیا۔"

بوڑھی عورت منہ پھلا کر ایک طرف چپ چاپ بیٹھ گئی۔ بوڑھے نے جلدی جلدی چولھے پر کوئلہ رکھا، اور زور زور سے پنکھا جھلنے لگا۔ آنچ اچھی ہو گئی تو بوڑھا جلدی جلدی پیالیاں دھونے لگا۔ اتنے میں کارخانے کا "بھوپا" بجا، مزدوروں کو چھٹی ہو گئی۔ اور وہ سب کارخانے سے نکلے ______ جیسے رات بھر کی بند مرغیاں صبح کو ڈربہ کھلنے پر ______

بوڑھا پھر گھبرا کر اٹھا۔ پیالیوں کو چبوترے پر رکھ کر چولھے کو دیکھنے لگا۔ چولھے میں آنچ

ٹھیک تھی۔ مگر اس سے اُسے تسلی نہ ہوتی۔ اُس نے کہا۔

" ارے چمن کی ماں! ذرا پنکھا تو جھل "

بوڑھی عورت اسی طرح منہ لٹکائے بیٹھی رہی۔ اپنی جگہ سے ذرا بھی نہ ہٹی۔ بوڑھے کو غصہ آگیا۔ وہ بڑبڑانے لگا۔

معلوم ہوتا ہے جیسے ہم ہی اکیلے کھاتے ہیں۔ پگلی!! اس کو کوئی غرض ہی نہیں' آج میری آنکھ بند ہو جائے تو کل ہی پتہ چل جائے۔ کوئی بھیک تو دے ہی نہیں اس چال سے بوڑھا ہی کہیں کی۔ جا ہم بھی ——————"

اتنے میں چند مزدور ہوٹل میں آگئے۔ بڑھے نے بکنا بالکل بند کردیا فوراً آنے والوں کی طرف مخاطب ہو گیا اور لگا آپ ہی آپ بولنے۔ جیسے وہ باری باری سب کی باتوں کا جواب دے رہا ہے۔

'آج تو ایسی اچھی روٹی پکی ہے کہ واہ رے واہ۔ اور بھاجی تو ایسی ہے کہ کھا کر جی خوش ہو جائے۔ اُس کو کھا کر آدمی گھنٹوں کیا ہفتوں مزا نہیں بھول سکتا۔ بیٹھو بھائی بیٹھو! سب کو دیتے ہیں۔ ذرا چائے کا پانی ہو رہا ہے۔"

بوڑھا پھر آنے والے مزدوروں کی طرف مخاطب ہوا اور سب سے پوچھنے لگا: تمہیں کیا چاہیے؟ تمہیں کیا چاہیے؟"

پھر کسی کو روٹی بھاجی' کسی کو بھات دال' کسی کو گوشت روٹی —— جس نے جو مانگا اُسے دیا۔ اُداس جھونپڑی میں زندگی کی لہر دوڑ گئی۔ کچھ دیر تک چہل پہل رہی۔ پھر ایک

کے بعد دوسرا اُٹھ کر چلا گیا۔ صرف تین چار مزدور رہ گئے۔ بوڑھے نے سب سے کہا۔

"بیٹھو بھائی بیٹھو! ابھی چائے دیتے ہیں۔"

اُس نے دیگچی میں چائے کی پتی ڈال دی۔ پانی چولھے پر کھولتا رہا۔ بڈھے نے کہنا شروع کیا

"آج تو وہ چائے پلائیں گے کہ بس لے لے بس۔ جب ہم میکلین صاحب کے یہاں تھے بھائی، تو ایک صاحب آیا۔ پارٹی تھا۔ بڑا پارٹی۔ ہاں بہت سے صاحب لوگ آئے میم صاحب بھی۔ بڑا دعوت میں ہمارے پکائے کھانے کی صاحب لوگوں نے بہت تعریف کیا۔ اور صاحب نے دس روپیہ انعام دیا. . . . . .

ایک جوان مزدور بولا۔

"ارے بوڑھا میاں دو جلدی چائے تم بکتے ہو۔"

بوڑھا بولا۔

"ہاں بابو ابھی دیتے ہیں۔"

دوسرا مزدور جس کی عمر چالیس سے زیادہ تھی۔ بولا۔

"ارے بلاقی! تیرا جبان بہت کھراب ہو گیا ہے۔"

بلاقی نے جواب دیا۔

"نہیں حمرو بھائی! بوڑھا بکتا بہت ہے۔ بالکل بے پھول۔"

بلاقی بالکل جوان تھا۔ بالکل کالا اور ہٹا کٹا۔ سر میں انگریزی بال اور ٹیڑھی مانگ تیل سے سر کے بال چمک رہے تھے۔ بوڑھے نے سب کو چائے بنا کر دی ضمیر نے بلاقی سے کہا۔

"ارے کھانسا ماں جی تیرے باپ کے گھر سے جاوے ہی ہیں۔ ان کو ایسا کہنا ہے"

"نہیں جمرو بھائی یہ تو کھیل کی بات ہے۔ بڑے میاں اپنے ہی آدمی ہیں"

ضمیر بولا۔

"نہیں۔ تیرا ایمان کھراب ہے ہی۔ اچھا کل بابو سے کاہے کو لڑ رہا تھا"

بلاقی نے شکایت کے طور پر کہا۔

"سالے نے کل پھر گر جا جر بنا دیا جمرو بھائی! اتڑا کھچڑ ہے سالا"

"ارے گالی کاہے کو بکتا ہے کوئی فائدہ ہوگا اس سے ——— بابو سے لڑ کر"

بلاقی نے چائے کی پیالی اٹھانے اٹھاتے ہوئے کہا۔

"تو اس سالے کو کیا ملے گا؟ سیٹھ باپ ہے اسکا۔ اسی کو تو سالا دھن مل جائیگا پلنگ سٹ

دیر ہوا اور سالے نے گیر حاجر کر دیا"

"اس بیچارے کا تو کام ہی یہی ہے۔ لڑائی بُری بات ہے کھوساد برادر سے آدمی کو

کام نکالنا چاہیے بلاقی"

تم بھی جمرو بھائی کیسی بات کرتے ہو۔ کھوساد کاہے کی، بھیک تھوڑے دیتا ہے سالا۔

اب کی بدماسی کر یگا تو دیں گے دو چپیٹ"

ضمیر نے بلاقی سے چڑ کر کہا۔

"ارے پاگل مت بن! بات سمجھا کر"

بلاقی نے تن کر کہا۔

"ارے بھیا! جو جی میں آئے کہو۔ یونین نہیں ہے یہاں نہیں تو تین چار دن کی ہڑتال میں ہوش آجاتا سب کو۔"

ضمیر کو ذرا غصہ آگیا۔ وہ بولا۔

"پھر وہی یونین یونین بکتا ہے گریب کو وہاں بھی کوئی نہیں پوچھتا۔ اب ہم کھد یونین کے مارے بھگے ہیں۔ دیکھو ـــــ میں ہم کو ساٹھ روپیہ مہینہ ملتا تھا۔ ہڑتال ہوا یونین والے بھاگ گئے سب سالے تو پھر نوکر ہو گئے۔ ہم کو دیکھو اب بیس روپیہ مہینہ پر سر مار رہے ہیں مصیبت میں کوئی کسی کا نہیں ہوتا ہے، اب کوئی یونین والا پوچھنے بھی نہیں آتا۔ چھ مہینہ بھوک مر مر کے کاٹا ہے۔"

بلاقی نے بہادرانہ شان سے جواب دیا۔

"بس اتنے میں ہی ٹھنڈے ہو گئے، کاہے کو گئے تھے یونین میں تب۔ ہم کہیں ـــــ سنو ـــــ بل میں جب ہڑتال ہوا تو ہم بھی تھے، وہاں لڑائی ہو گئی۔ پولس نے ہم لوگ کے سیکرٹری پر لاٹھی چلایا۔ ہم جھٹ سے لاٹھی روک کر سپاہی کو دو چپیٹ مارا۔ جانو بھیا! کا ہوا!! ہم گرفتار ہو گیا۔ سپاہی سالا نے ـــــ ہم کو تھانہ میں کھوب مارا۔ اور چھ مہینہ کا جیل ہو گیا۔ تمے آنے سے پھانسی سے بھی نہ بھاگے گا۔ مگر اپنا حک واسطے لڑیں گے جرور۔ اور سب مجور بھائی کو مل کر لڑنا چاہئے ـــــ"

ضمیر چپ چاپ سنتا رہا۔ جیسے کوئی بیوقوف آدمی کسی عقلمند کی بات سنتا ہو۔ بلاقی اس شان سے بولتا رہا۔ جیسے وہ کسی عظیم الشان مجمع کو مخاطب کر کے تقریر کر رہا ہو جب بلاقی

بول چکا تو ضمیر نے کہا۔

"بول دو بھیا! ابھی جوان ہو۔ کوئی پھکر نہیں، آجاد ہو۔ دو چار بال بچہ ہوتا تو معلوم ہوتا"

بلاتی اسی جوش میں بولا۔

"یہ گلت ہے۔ جیتا رہے تو دیکھ لینا ـــــــ"

بوڑھے ہوٹل والے کی عورت اب تک اسی طرح منہ پھلائے بیٹھی تھی کبھی زہر بھری نظروں سے بوڑھے کو دیکھتی اور کبھی بڑبڑاتی۔ بوڑھا ہوٹل والا جلدی جلدی جھوٹے برتن دھو رہا تھا ـــــ اور آپ ہی آپ بڑبڑاتا جا رہا تھا ضمیر اور بلاتی دونوں ہی چپ چاپ اپنی اپنی چائے ختم کر رہے تھے آخر دونوں کی چائے ختم ہو گئی۔ بلاتی نے پوچھا۔

"اور چائے پیو گے جمرو بھیا!"

"نہیں ـــــ"

ضمیر نے جواب دیا۔ بلاتی نے پیالی رکھ کر جیب سے ایک ٹین کی ڈبیہ نکالی۔ اس سے بیڑی نکال کر ضمیر کو دی۔ ایک اپنے ہونٹوں میں دبا کر چولھے سے آگ لے کر جلانے لگا۔ بوڑھی عورت بڑبڑانے لگی۔ مگر اس نے ذرا بھی پرواہ نہ کی۔ بلاتی، بیڑی جلانے کے بعد ڈبیہ پر لگے ہوئے چھوٹے سے شیشے میں دیکھ کر انگلیوں سے بال سنوارنے لگا۔ اور بال سنوارتے ہوئے بولا۔

"بڑے میاں! جمرو بھائی کا ناشتہ چائے میرے حساب میں لکھیو ـــــ"

اتنا کہہ کر وہ جھونپڑی سے باہر نکلا۔ بولا۔

"اچھا سلام جمرو بھیا!"

پھوا بنے ہاتھ سے بالوں کو درست کرتا، اور موٹی آواز میں "مرے مولا بلالو مدینہ مجھے" گاتا ہوا ایک طرف روانہ ہوگیا۔ بوڑھے ہوٹل والے نے ضمیر سے نصیحت کے انداز میں کہا۔

"یکس بوڑا ہے سے بولتے ہو بھیا۔"

بڑھیا بیٹھی بیٹھی بول اٹھی۔

"ہی ہے کھراب، لونڈا پگلا معلوم ہوتا ہے۔"

بلاقی کے گانے کی دھیمی دھیمی آواز اب تک جھونپڑی میں آرہی تھی ◆

جوار بھاٹا

بھادوں کا مہینہ تھا۔ رات کے دو بج چکے تھے۔ موسلا دھار پانی برس رہا تھا۔ کملا ناتھ بابو اب تک ضروری کاغذات دیکھ رہے تھے۔ وہ ہاتھ میں قلم لئے کرسی پر بیٹھے تھے۔ میز پر بجلی کا لیمپ جل رہا تھا۔ اور سامنے کاغذات کا انبار بکھرا پڑا تھا۔ پاس ہی مسہری پر اُن کی بیوی پدما سوئی ہوئی تھی — یکایک بجلی چمکی بادل کڑکا اور سارا کمرہ روشن ہو گیا۔ کملا بابو کی آنکھیں چوندھیا سی گئیں۔ لیمپ کی روشنی ماند پڑ گئی — مسہری پر پدما کانپ سی گئی۔ وہ بیتابی کے ساتھ بانہہ پھیلا کر ذرا کھسکی۔ مگر اس کا ہاتھ مسہری کی خالی جگہ پر پڑا۔ ایک بار اس نے آس پاس ٹٹولا مگر وہاں کچھ نہ تھا۔ خوف سے اس کی نیند اچٹ ہو گئی۔ اس نے کمرے میں چاروں طرف دیکھا۔ کملا بابو اپنے خیال میں ڈوبے ہوئے تھے۔ پدما نیند میں ڈوبی ہوئی

آواز میں بولی۔

"اوہ، آپ اب تک کام کر رہے ہیں؟"

کملا بابو نے اُس کی طرف دیکھے بغیر جواب دیا۔

"ہاں۔ ۔ ۔ ۔ ۔ ۔"

"اب آئیے، سو جائیے، رات بہت زیادہ جا چکی۔"

"تم سو جاؤ۔ ابھی بہت سے کاغذات باقی ہیں۔"

کمرے میں پھر سناٹا چھا گیا۔ کملا بابو کاغذات دیکھتے ہی رہے۔ پانی اب بھی برس رہا تھا۔ سوائے پانی برسنے کے اور کسی قسم کی آواز سنائی نہ پڑتی تھی۔ دوسرے کمرے سے ڈھائی بجنے کی آواز آئی لیکن کملا بابو ہلے تک نہیں۔ وہ اپنا کام کرتے ہی گئے۔ پھر گھڑی نے تین بجائے۔ اُنہوں نے جلدی جلدی کاغذات کو ترتیب دے کر میز پہ رکھا، اور کرسی سے اُٹھے۔

پدما اب تک جاگ رہی تھی۔ اُس کی نیند ٹوٹی تو پھر وہ نہ سو سکی۔ وہ سینہ کے نیچے ایک تکیہ دبائے، دونوں ہتھیلیوں پہ چہرہ رکھے کملا بابو کو ٹکٹکی باندھے دیکھ رہی تھی۔ اُس کی آنکھوں میں شکایت کی ایک لمبی کہانی چھپی تھی۔ کملا بابو مسہری پر آکر بیٹھ گئے۔ پدما بولی۔

"آپ۔ ۔ ۔ ۔ ۔"

کملا بابو نے بات کاٹ کر کہا۔

"اب باتیں کرنے کا وقت نہیں رہا۔ تین بج گئے ہیں، سو جاؤ۔ مجھے چھ بجے اُٹھنا ہے۔"

پدما چپ ہو گئی۔ سوچنے لگی یہ کیسے آدمی ہیں، مشین کی طرح بے حس۔ دن رات کام کرتے

ہیں۔ ان کے دل میں لطیف احساس کی کبھی کوئی لہر نہیں اٹھتی۔ اپنی صحت کا بھی ذرا خیال نہیں۔ کملا بابو کی صحت کا خیال آتے ہی وہ پھر بولی۔

"میں آپ . . . . ."

کملا بابو نے پھر بات کاٹ دی اور بولے۔

"اس وقت سوجاؤ۔ بات کرنے کا اب وقت نہیں ـــــ"

اتنا کہہ کر وہ مسہری سے اٹھے میز کے پاس آئے۔ ٹائم پیس کی جگاؤنی گھنٹی لگائی۔ بجلی کا بٹن دبا کر ایک ہلکے سبز رنگ کا بلب روشن کر دیا اور میز والا بلب بجھا دیا۔ سارے کمرے میں دھیمی دھیمی سبز روشنی پھیل گئی۔ وہ مسہری پر لیٹے اور ریشمین چادر سر سے پاؤں تک تان کر سو رہے۔

پدما سوچنے لگی کس آدمی کا میرا ساتھ ہوا! بیاہ ہوتا ہے ایک دوسرے کا جیون ساتھی بنانے کیلئے۔ میرا بھی بیاہ اسی لئے ہوا تھا، پر قسمت نے ملایا تو ایسے آدمی سے جو سوکھی لکڑی سے بھی زیادہ بے رس ہے۔ بیاہ کو تین سال ہو گئے کبھی ایک گھنٹہ بیٹھ کر ایسی باتیں نہ کیں جس سے دل خوش ہو جائے جب سامنے آئے تو چہرہ اترا ہوا، فکر سے چہرہ اداس۔ کچھ پوچھا تو جواب ملا "کاروبار کی حالت اچھی نہیں۔ دو لاکھ کا ایک آرڈر ملنے والا ہے اس کی فکر میں ہوں ـــــ کل یکایک بازار گر گیا ورنہ اس کام میں پچاس ہزار کی بچت ہو جاتی صرف بیس ہزار ملے۔ اس طرح تیس ہزار کا گھاٹا ہو گیا" اور اسی طرح کی سوکھی باتیں۔ جب مجھے اداس دیکھا تو آفس سے آتے وقت کوئی زیور خرید تے لائے۔ یا کوئی دوسری اچھی چیز۔ معلوم ہوتا ہے کہ وہ مجھے روپئے پیسے اور چیزوں کی بھوکی سمجھتے ہیں۔

پدما کا دل بیٹھنے لگا۔ اُس نے درد اور شوق بھری نظروں سے کملا بابو کو دیکھا۔ وہ سر سے پاؤں تک سفید ریشمیں چادر میں لپٹے پڑے تھے۔ وہ اُن کے چہرے کو بھی نہ دیکھ سکی اُس کے دل میں ہراس کی ایک تیز لہر دوڑ گئی۔ اُس نے اپنا چہرہ تکیے میں چھپا لیا۔ اُس کا دل بیٹھنے لگا — بے اختیار دل بھر آیا۔ مگر اُس نے اپنے اُبھرتے ہوئے جذبات کو کوشش کر کے دبا یا۔ شاید کملا بابو کی نیند اُچٹ نہ جائے، اُنہیں سویرے ہی اُٹھنا تھا۔ مگر مصیبت یہ تھی کہ وہ اپنے جذبات کو جتنا زیادہ دبانے کی کوشش کرتی، وہ اُتنا ہی زیادہ اُبھر رہے تھے۔ اُس کو اپنی پچھلی زندگی کے آزاد دن سہانے خواب کی طرح یاد آرہے تھے۔ وہ بے چین ہوتی جارہی تھی ——— آخر اسی حالت میں وہ سو گئی۔

چھ بجتے ہی گھڑی نے جگانے کی گھنٹی بجانی شروع کردی۔ کملا بابو سہری سے انگڑائی لیتے ہوئے اُٹھے۔ دیوار کے قریب جا کر ایک بٹن دبایا، جس سے نوکروں کے کمرے میں گھنٹی بجنی شروع ہو گئی۔ پھر وہ غسل خانہ میں چلے گئے، جس کا دروازہ سونے کے کمرے میں ہی کھلتا تھا۔ تھوڑی دیر میں پدما بھی اُٹھ بیٹھی اس کا چہرہ اداس تھا۔ تھوڑی دیر تک بیٹھی وہ کچھ سوچتی رہی۔ پھر اُٹھی، غسل خانے کا دروازہ بند دیکھ کر وہ دوسرے کمرے میں چلی گئی ——— جب وہ منہ ہاتھ دھو کر کمرے میں واپس آئی تو کملا بابو کمرے میں نہ تھے۔ وہ آئینہ کے سامنے کھڑی ہو کر بال سنوارنے لگی۔ اتنے ہی میں پردے کے پیچھے سے نوکر نے آکر آواز دی۔

"اُٹھ گئے ہیں حضور؟"

"آؤ ــــــــــ"

پدما بولی۔ نوکر نے آتے ہی جھک کر سلام کیا۔ اور بولا۔

"صاحب چائے پر آپ کا انتظار کر رہے ہیں۔"

وہ کپڑے سنبھالتی ہوئی کھانے کے کمرے میں چلی گئی۔ کملا ناتھ وہاں بیٹھے تھے۔ کپڑے پہن کر تیار تھے۔ اُن کے چہرے پر فکر اور تردّد کا گہرا سایہ تھا۔ پدما جا کر ایک کرسی پر بیٹھ گئی۔ کملا بابو نے نوکر سے کہا۔

"ڈرائیور کو گاڑی نکالنے کے لئے کہا۔"

پدما نے توس میں مکھن لگا کر کملا بابو کی پلیٹ میں رکھا۔ پھر چائے بنانے لگی۔ چائے کی ایک پیالی کملا بابو کی طرف بڑھا کر دوسری پیالی بناتے ہوئے اس نے کملا بابو کی طرف اس امید کے ساتھ دیکھا کہ شاید وہ کچھ بولیں۔ مگر وہ چپ چاپ بیٹھے تھے۔ آخر اُس نے کہا۔

"آپ اتنے فکر مند کیوں معلوم ہوتے ہیں؟"

"کاروبار کی حالت اچھی نہیں!"

کملا بابو نے پدما کی طرف دیکھے بغیر جواب دیا۔ پھر چائے پینے لگے۔ پدما کو اس کی امید بالکل نہ تھی۔ اس کے دل کو ایک جھٹکا سا لگا۔ اس نے کملا بابو کی طرف دیکھا۔ وہ اپنے دونوں توس ختم کر چکے تھے۔ چائے کی پیالی اُن کے لب سے قریب رُکی ہوئی تھی۔ اور وہ پھیلی پھیلی نگاہوں سے دیوار کی طرف دیکھ رہے تھے۔ پدما نے کہا۔

"میں آج اپنی بہن کے یہاں جانا چاہتی ہوں۔ اکیلے میری طبیعت گھبراتی ہے"

"نہیں" کملا بابو نے اُس کی طرف دیکھے بغیر جواب دیا۔ "آج نہیں، دو چار دن بعد چلی جانا۔ مجھے بھی باہر جانا ہے۔"

پدما کچھ اور بولنا چاہتی تھی لیکن کملا بابو اُٹھے اور باہر چلے گئے۔ پدما چپ چاپ بیٹھی دروازے کی طرف دیکھتی رہی۔ بالکل خالی نظروں سے اس کا دماغ بھی خالی تھا — جب کملا بابو نظروں سے اوجھل ہو گئے۔ تو اُس نے چائے کی پیالی رکھ دی اور کرسی سے نڈھال ہو کر مسہری پر گر پڑی اور سوچنے لگی۔

بیاہ کو تین سال ہو گئے مگر کوئی خوشی نصیب نہ ہوئی۔ کبھی ہنس کر نہ بولے۔ عجیب آدمی ہیں سمجھتے ہیں کہ اس شاندار کوٹھی، موٹر، کپڑے اور زیور سے میں خوش ہوں۔ مجھے اور کسی چیز کی چیز کی ضرورت نہیں ہے۔ انہیں کس طرح بتاؤں کہ پدما دولت، آرام اور آسائش سے زیادہ آپ کی محبت کی پیاسی ہے۔ دن رات کڑھ کڑھ کر کٹتا ہے۔ چہرے سے ہنسی اور خوشی کے نشان بھی مٹ گئے مگر کبھی نہ پوچھا کہ تیرا چہرہ میلا کیوں ہے؟ بس دن رات ایک دھن ہے۔ روپیہ، روپیہ۔ مجھ سے زیادہ روپیہ کی فکر ہے۔ پھر میری زندگی برباد کرنے کی ضرورت کیا تھی۔ لوگ کہتے ہیں۔ دولت سے آرام ملتا ہے۔ یہ دولت تو میرے لیے مصیبت بن گئی۔ دن رات بس روپیہ کی فکر ہے۔ آرام کی فکر میں تکلیف اٹھائی جا رہی ہے۔ یہ کس طرح کی تکلیف؟ زندگی گویا ایک مشین بن کر رہ گئی ہے۔ جو دن رات چلتی رہتی ہے۔ بیاہ کے بعد تین سال سینے پر پتھر رکھ کر اور سارے ارمانوں کو کچل کچل کر زندگی کے دن کاٹے۔ مگر اس طرح کب تک کٹے گی۔ آقا کے سینے میں تو دل نہیں پتھر کا ٹکڑا ہے۔ مگر میں دل کو پتھر کا ٹکڑا کس طرح بنا لوں۔ اُن کا

دل تو روپیہ کی محبت میں دیوانہ ہو رہا ہے۔ مگر میرا دل تو اُن کی محبت میں دیوانہ ہو رہا ہے وہ بے فکر ہیں۔ میں کس طرح بے پرواہ ہو جاؤں؟

پدما دیر تک اسی قسم کی باتیں سوچتی اور روتی رہی لیکن اس کی سمجھ میں یہ نہ آیا کہ کیا کرے اور کیا نہ کرے۔ وہ اٹھی اور بہن کو ایک خط لکھنے لگی وہ چاہتی تھی کہ اپنا دل کھول کر بہن کے سامنے رکھ دے۔ مگر اس کا دماغ کام نہ کر رہا تھا۔ ایک گھنٹے سے زیادہ کاغذ قلم دوات لیے بیٹھی رہی لیکن مشکل سے چند سطریں لکھ سکی۔ اتنے میں کملا ناتھ واپس آ گئے۔ پدما نے کاغذ کو میز کی دراز میں رکھ دیا، اور کرسی چھوڑ کر کھڑی ہو گئی۔

کملا ناتھ نے آتے ہی کہا۔

"فدا کھانا منگوا لو۔ گیارہ بجنے والے ہیں اور پونے بارہ کی ٹرین سے باہر جانا ہے۔

پدما کمرے سے نکل کر برآمدے کی طرف بڑھی۔ کملا ناتھ نے اسے پکار کر کہا۔

"اور ہاں سنو۔ آج دو بجے کی ٹرین سے رمیش بابو آ رہے ہیں۔ وہ دو چار دن یہاں ٹھہریں گے میرے پیچھے انہیں کسی قسم کی تکلیف نہ ہو۔ میں دو ہی چار دنوں میں واپس آ جاؤں گا۔"

کملا ناتھ کہاں گئے تھے پدما کو بالکل معلوم نہ تھا۔ رمیش بابو اسی دن آ گئے۔ ان کا تار آ چکا تھا۔ وہ کملا ناتھ کے بچپن کے دوست تھے۔ اور ایک بار پہلے بھی آ چکے تھے۔ پدما انہیں جانتی تھی۔ بہت خوش مزاج آدمی تھے۔ لگاتار گھنٹوں ہنستے اور ہنساتے رہتے تھے۔ ان کی ہر بات اچھی تھی۔ اب تک انہوں نے بیاہ نہیں کیا تھا۔ اس کی دو وجہیں تھیں۔ ایک تو مُ انہیں بڑا برا

رہنا ہوتا تھا۔ دوسرے وہ ڈرتے تھے کہ بیوی مزاج کے مطابق نہ ملی تو اور بھی مصیبت ہوگی۔

جس وقت سے وہ آئے پدما کو ہنساتے رہے۔ وہ بات ہی ایسی کرتے تھے کہ آدمی ہنستا رہے لیکن کبھی کبھی دنیش بابو کی خوش مزاجی کے ساتھ کملا ناتھ کی سوکھی طبیعت کا احساس ہو جاتا تو اس کو بڑی حسرت ہوتی۔ اس کا دل دکھ جاتا اور چہرہ پیلا پڑ جاتا اور دل ہی دل میں کہتی "وہ عورت بڑی خوش نصیب ہوگی، جسے دنیش بابو جیسا شوہر ملے گا۔"

ایک بار ناشتے کے وقت کچھ ایسی ہی ہنسی کی بات ہوگئی۔ پدما اور دنیش بابو خوب ہنسے لیکن ہنستے ہنستے پدما کو کملا ناتھ یاد آگئے۔ اور ان کے ساتھ ہی ان کی بے پروائی اس کے دل میں ایک ہوک سی اٹھی اور دل بھر آیا۔ ضبط کرنے پر بھی اس کے آنسو نکل آئے۔ دنیش بابو نے فوراً ہی وجہ دریافت کی اور ہنسانے کی کوشش کرنے لگے۔ لیکن پدما دوسرے کمرے میں چلی گئی۔

پدما دنیش بابو کو جتنی بار دیکھتی تھی۔ ان میں دلکشی زیادہ پاتی تھی۔ وہ چاہتی تھی کہ ان کے سامنے نہ جائے لیکن ایک تو اس لئے کہ وہ مہمان تھے۔ دوسرے خود اس کا دل بھی چاہتا تھا کہ ان سے باتیں کرے۔ ان کی باتوں میں اسے لطف آتا تھا۔ اس مرتبہ وہ آئی تو اس نے فیصلہ کرلیا کہ صرف دو چار منٹ انکے پاس ٹھہرے گی۔ دنیش بابو دو دن سے اس کے ساتھ تھے مگر اسی دو دن میں وہ ان سے بہت نزدیک اور کملا ناتھ سے دور ہوگئی تھی۔

تھوڑی دیر کے بعد دنیش بابو نے کمرے کے باہر سے پدما کو آواز دی۔ اس نے کمرے میں بلالیا۔ دو چار ہی منٹ میں پدما کا دل تازہ ہوگیا۔ اس نے شرارت سے سوال کیا۔

"دنیش بابو آپ بیاہ کب تک کریں گے۔۔۔؟"

"آپ کو اس کی کیا فکر ہے؟" رمیش نے جواب دیا: "آخر آج یہ نیا سوال کیسے ہو گیا؟"

پدما نے کہا۔

"آخر کب تک اکیلی زندگی گزار دیگا؟"

"بات یہ ہے" رمیش بابو بولے: "بیاہ کرنے کا مطلب ہے ایک جیون ساتھی ڈھونڈ کر لانا۔ اگر یہ جیون ساتھی اچھی نہ ملی تو میری زندگی ہی برباد ہو جائے گی۔"

پدما کو اپنی بے لطف زندگی کا احساس ہوا۔ اس کا دل بھر آیا۔ مگر اس نے دل پر جبر کر کے ضبط کیا۔ پھر بناوٹی ہنسی کے ساتھ بولی۔

"تو اس کا مطلب یہ ہے کہ اسی شک کے پھیرے میں آدمی بیاہ کرے ہی نہیں۔"

"ہاں میرا تو یہی خیال ہے۔ ہر آدمی کملا ناتھ جیسا خوش نصیب نہیں ہوتا کہ اُسے آپ جیسی بیوی مل جائے۔"

پدما کے دل پر جیسے کسی نے تان کر گھونسہ مار دیا۔ اور وہ ضبط کی کوشش کرنے پر بھی کامیاب نہ ہوئی۔ رو پڑی۔ رمیش اُسے دلاسا دے کر خوش کرنے کی کوشش کرنے لگے مگر بے فائدہ۔ طرح طرح سے رمیش بابو نے سمجھایا۔ اس کے جواب میں وہ صرف اتنا کہہ سکی۔

"آپ کو کیا معلوم کہ میری زندگی کس طرح کٹتی ہے۔"

رمیش بابو نے ہمدردی کے ساتھ کہا۔

"مجھے معلوم ہے کہ کملا ناتھ میں ہیرا اور کھوٹے پتھر میں تمیز کرنے کی صلاحیت نہیں۔"

کچھ دیر کے بعد رمیش بابو اٹھ کر چلے گئے۔ پدما ان کو حسرت بھری نظروں سے دیکھتی رہی۔

اور سوچتی رہی۔ کاش کملا ناتھ بھی ایسے ہی خوش مزاج ہوتے۔ مگر اُس نے سوچا کہ ہر آدمی کا مزاج ایک سا ہو ہی نہیں سکتا۔ اُسے خیال آیا۔ کاش اس کا بیاہ کملا ناتھ کے بدلے رمیش بابو سے ہوتا۔ لیکن اب کیا ہو ——— یہ اُس کی سمجھ میں نہ آتا تھا۔

دیر تک وہ بہت سی باتیں سوچتی رہی۔ اسی سلسلے میں اُسے رمیش بابو کی ایک بات یاد آگئی: "کملا ناتھ کو ہیرے اور کھوٹے پتھر میں تمیز کرنے کی صلاحیت نہیں" اُسے یقین ہو گیا کہ کملا ناتھ کے دل پر کسی اور کا قبضہ ہے۔ یہ خیال آتے ہی اس کا دل ٹوٹ گیا۔ اور کملا ناتھ کی طرف سے ہمیشہ کے لئے مایوس ہو گئی۔ اور اُس نے فیصلہ کر لیا کہ رمیش سے اپنے دل کا سارا حال کہہ دے گی۔ اور اُس سے کہے گی کہ اس کی برباد ہوتی ہوئی زندگی کو بچا لے۔

رمیش ناشتہ کر کے باہر گئے تھے۔ وہ بے چینی کے ساتھ اُن کا انتظار کر رہی تھی۔ اسے عالی شان کوٹھی خوفناک بھوت کا منہ معلوم ہوتی تھی جس میں زہریلے سانس کی گرمی سے اپنے کو گھلتی ہوئی محسوس کر رہی تھی۔ وہ سوچ چکی تھی کہ اپنا سر رمیش بابو کے پاؤں پر رکھ دے گی۔ گیارہ بج گئے۔ رمیش واپس نہ آئے۔ وہ بے چینی کے ساتھ بار بار دروازے کی طرف دیکھتی تھی۔ اُسے بار بار خیال آتا تھا کہ رمیش بابو بھوکے ہونگے۔

پدما کے دل کا عجیب حال تھا۔ اُسے رمیش بابو کی ہنسی، اُن کی باتیں یاد آ رہی تھیں کملا ناتھ کو وہ بالکل بھول چکی تھی۔ اُن کے لئے اس کے دل میں اب کوئی جگہ نہ تھی۔ اتنے میں نوکر نے آ کر ایک رجسٹری لفافہ دیا۔ پدما نے دستخط کر کے لفافہ لے لیا۔ کھولا اور خط پڑھنے لگی۔ یہ خط کملا ناتھ کا تھا۔ انہوں نے لکھا تھا۔

پیاری پدما.

تمہارے بغیر میری طبیعت یہاں نہیں لگ رہی ہے میں نے اکثر تمہارا میلا چہرہ دیکھا تمہاری آنکھوں میں مایوسیوں کی لمبی کہانی دیکھی۔ پر میں نے کبھی پروا نہ کی لیکن یہاں تم بہت یاد آرہی ہو۔ رات میں نے سب کچھ محسوس کیا۔ اب کل کام ہو یا نہ ہو۔ میں یہاں سے روانہ ہو جاؤں گا۔ اور اب تمہیں مجھ سے کسی قسم کی شکایت نہ ہوگی۔

کملا ناتھ

پدما نے خط کو پڑھا تو خوشی سے اس کا دل جھوم اٹھا۔ کملا ناتھ میں ساری خوبیاں اُسے نظر آنے لگیں۔ اُس نے خط کی تاریخ دیکھی۔ اور حساب لگایا۔ اسی دن وہ آنے والے تھے اُس کو سارا گھر جھومتا معلوم ہوا۔ اتنے میں رمیش بابو باہر سے آگئے۔ مگر پدما کے دل پر کملا ناتھ کا پھر قبضہ ہو چکا تھا۔ رمیش بابو نے پدما کو مسکرا کر دیکھا۔ اور پوچھا۔

"کس کا خط ہے؟"

لیکن پدما کو اُن کی ہنسی میں کوئی کشش نظر نہ آئی۔ اور اُس نے خوش ہو کر کہا۔

"رمیش بابو۔ آپ کے دوست آج ہی آنے والے ہیں۔" ❖

چوکیدار

رات کو جب گاؤں کے سب چھوٹے بڑے چین کی میٹھی نیند سوتے تو رام لال چوکیدار کندھے پر اپنی پرانی لاٹھی لیکر جھونپڑے سے باہر نکل آتا اور گاؤں کی اندھیری گلیوں میں پھیرا کرتا کہ کہیں کوئی چور تو نہیں، تھوڑی تھوڑی دیر پر وہ چلّا اُٹھتا "جاگ کے سونا" اُس کی آواز بڑی ڈراؤنی تھی۔ کبھی کبھی رات کو اس کی آواز سن کر بچے ماں سے لپٹ جایا کرتے تھے کبھی اسکی آواز سے کسی کی نیند اچٹ جاتی تو اس کو غصہ آتا کہ ہر رات یوں ہی چیختا ہے نہ چور نہ چور کا سایہ۔ خواہ مخواہ نیند خراب کرتا ہے۔

گاؤں کے کنارے مٹی اور پھوس کا ایک جھونپڑا تھا، یہی رام لال چوکیدار کا گھر تھا۔ گھر میں آٹھ سال کی ایک یتیم پوتی تھی، اور بس اللہ کا نام۔ بیس سال سے گاؤں میں چوکیداری کرتا

تھا چھ روپیہ مہینہ ملتا تھا، یہی اسکا سب کچھ تھا۔ اور اسی میں وہ خوش تھا۔ پوتی سے اسکو بہت محبت تھی لیکن جب اس کی گشتی کا وقت آتا تھا تو وہ اُس کو جھوپڑی میں اکیلا چھوڑ کر گشت کرنے کے لئے چلا جاتا۔ لڑکی اکیلے ڈرتی تھی لیکن وہ اپنے فرض کو نہ بھولتا۔ پانی برسے یا طوفان آئے کیا مجال کہ رام لال گشت نہ کرے۔ کبھی کبھی لوگ اُس کو سمجھایا کرتے۔ کہ رات بھر پھرنے کی کیا ضرورت ہے۔ ایک دو بار پھر کر دیکھ لو لیکن رام لال جواب دیتا مجھے تنخواہ اسی کی ملتی ہے بیس سال کی مدت میں کبھی بھی ایسا نہ ہوا کہ رام لال نے گاؤں میں گشت نہ لگائی ہو کڑاکے کے جاڑے میں بھی وہ بستر کو چھوڑ کر ٹھنڈی ہوا میں ٹھٹھرا کرتا تھا۔ لیکن اپنے فرض کو کبھی نہ بھولتا۔

آس پاس کے چوروں کو رام لال کے نام سے نفرت تھی بسبب کے سب اس کے دشمن تھے دو تین مرتبہ دو چار نے مل کر اس پر حملہ بھی کیا۔ لیکن رام لال خود طاقتور تھا۔ کچھ دیر تک انکا مقابلہ کرتا رہا۔ پھر لوگوں کو مدد کے لئے بلایا اور چور اُس کو مار بھی نہ سکے۔ سب اس کے مرنے کی دعائیں مانگا کرتے تھے لیکن اُس گاؤں کی طرف منہ نہ کرتے۔

گاؤں کے زمیندار رام نرائن بابو کے بڑے بیٹے رام چندر بابو ڈپٹی مجسٹریٹ ہو گئے۔ رام لال کو بڑی خوشی ہوئی کہ اُس کے زمیندار کے بیٹے ڈپٹی ہو گئے۔ اب اُس کی حالت یہ تھی کہ وہ سر اُٹھا کر چلتا تھا جب تھانہ میں حاضری دینے کو جاتا تھا تو دوسرے چوکیداروں سے خود کو بڑا سمجھتا۔ کیونکہ اُس کے زمیندار کے بیٹے ڈپٹی تھے اور دوسروں کے نہیں۔ وہ نہایت ہی فخر کے ساتھ لوگوں سے کہا کرتا تھا "ڈپٹی صاحب تو میری گود کے کھلائے ہوئے ہیں۔ اب میں

دفعدار ضرور ہو جاؤں گا۔" دوسرے چوکیدار اس کی باتوں کو سنتے اور ایک سانس لیکر رہ جاتے تھے۔ سب کو یقین تھا کہ رام لال ضرور دفعدار ہو جائیگا۔

ڈپٹی صاحب درگا پوجا کی چھٹیوں میں گھر آئے۔ رام لال نے اپنی وردی نکالی اور پہنکر سیدھا ڈیوڑھی پر پہنچا۔ ڈپٹی صاحب گھر میں تھے۔ رام لال باہر بیٹھا رہا۔ اسکی خوشی کا اندازہ کرنا مشکل تھا۔ اسکا دل دھک دھک کر رہا تھا۔ وہ سوچ رہا تھا کہ ڈپٹی صاحب آئینگے ہیں انکو اس طرح سلام کرونگا، وہ مسکرا کر جواب دینگے اور پوچھیں گے "کیسا ہے؟" میں کہونگا "سرکار کی کرپا ہے" ڈپٹی صاحب ہنس دینگے۔ رام لال اس خیال ہی سے خوش ہو گیا جیسے اسکو بہت بڑی دولت مل گئی۔ بڑے کی مہربانی کیسا تھا ایک سنتری ہی غریب کیلئے بہت بڑی دولت ہے۔ رام لال انہی خیالوں میں بیٹھا رہا اور گھنٹوں گذر گئے۔ پٹولری صاحب نے کہا

"ارے وہ ابھی تھکے آئے ہیں سو گئے ہونگے۔"

رام لال بولا "جب وہ سوکر اٹھیں گے تب ہی میں بھی جاؤں گا۔ آگیا ہوں تو بغیر حاضری دیئے کیسے جاؤں؟"

پٹواری جی اپنے کاموں میں لگ گئے اور رام لال اپنے خیال میں مست بیٹھا رہا۔ صبح کے وقت آیا تھا۔ شام ہونے کو آئی تو ڈپٹی صاحب گھر سے باہر آئے۔ رام لال نے جھک کر سلام کیا۔ ڈپٹی صاحب نے کوئی جواب نہ دیا۔ وہ ایک معمولی چوکیدار کے سلام کا جواب کیسے دیتے۔ وہ سمجھے کہ شاید کچھ انعام مانگنے آیا ہے۔ رام لال کھڑا ہی رہا کہ شاید اب وہ کچھ بولیں لیکن ڈپٹی صاحب نے اسکی طرف دیکھا تک نہیں اور اپنے چند رشتہ داروں کے ساتھ باتیں کرنے لگے۔ رام لال اس امید میں بیٹھا رہا کہ اب انکی بات

ختم ہوگی۔ اور ڈپٹی صاحب میری طرف دیکھیں گے اور باتیں کرینگے۔ ڈپٹی صاحب دوسروں سے باتیں کر رہے تھے۔ لیکن رام لال خوشی میں یہ سمجھ رہا تھا کہ ڈپٹی صاحب اسی سے باتیں کر رہے ہیں۔

جب اُنکے رشتہ دار چلے گئے تو ڈپٹی صاحب اُٹھے اور باہر آئے۔ رام لال نے پھر جھک کر سلام کیا۔ اب ڈپٹی صاحب کھڑے ہو گئے۔ اور رام لال اُنکے ہونٹ کو دیکھنے لگا کہ اب ہلیں۔ اب ہلیں۔

ڈپٹی صاحب نے بڑے سوکھے طور سے کہا۔ "کیا مانگتا ہے؟"

رام لال کا دل بڑھ گیا اور خوش ہو کر بولا:۔ "حضور حاضری دینے آئے تھے۔"

ڈپٹی صاحب بولے۔ "دیکھ لیا، تم زندہ ہے، جاؤ اب۔"

رام لال سلام کر کے سر جھکائے واپس چلا آیا۔ اُس کو ایسا معلوم ہوا جیسے کسی نے اُسکے دل میں چھری بھونک دی۔ اس کو وہ وقت یاد آ گیا جب رام چندر بابو اُس سے کہا کرتے تھے "رام لال طوطا کا بچہ لا دو" اور کہتے تھے "جب ہم ڈپٹی ہونگے تو تم کو اپنا چپراسی بنائیں گے" اُس کی آنکھیں ڈبڈبا آئیں اُسکے دل میں اس کے سوا اور کوئی آرزو نہ تھی کہ ڈپٹی صاحب اس سے مسکرا کر ایک جملہ کہدیں۔ لیکن وہ یہ سمجھا کہ اس میں میری ہی کوئی خطا ہے معلوم ہوتا ہے کہ کسی نے شکایت کر دی ہے کہ رام لال گشت نہیں کرتا۔ اسی وجہ سے ڈپٹی صاحب خفا ہو گئے۔

رات ہوتی سب لوگ سو گئے رام لال اپنے گھر سے لاٹھی لیکر نکلا اور گشت لگانے چلا گیا۔

اس کی اکلوتی پوتی کی طبیعت خراب تھی۔ رام لال دن بھر غائب رہا اور بھوک سے روتی رہی تھی۔ مگر رام لال کو اس کی بیماری کا خیال نہ ہوا، گھر سے نکل پڑا۔ گاؤں میں پہنچکر ایک بار رُک کر اُس نے زور سے آواز دی "جاگ کے سونا" اور آگے بڑھ گیا۔ تھوڑی دور جا کر پھر آواز دی

اور آگے بڑھیا گیا۔ اسی طرح آواز دیتا۔ گاؤں کا گشت لگا کر واپس آیا۔

ایک گھنٹہ بعد پھر نکل کھڑا ہوا اور سارے گاؤں کا چکر کاٹ کر واپس آیا اور اسی طرح رات بھر چکر لگاتا رہا۔ وہ سمجھ رہا تھا۔ کہ اب ڈپٹی صاحب ضرور خوش ہو جائیں گے۔ اگر کسی نے شکایت کر دی ہوگی تو اُن کا غصہ ختم ہو جائیگا۔ اسی طرح کے دل خوش کرنے والے خیالوں میں مگن ہو کر سو رہا۔

صبح ہوئی، اُٹھا منہ ہاتھ دھو کر بیٹھا ہی تھا۔ کہ زمیندار کا پیادہ آیا اور بولا۔

"تمہیں ڈپٹی صاحب بلاتے ہیں"

رام لال خوش ہو کر اُٹھ کھڑا ہوا اُس کو بڑی خوشی تھی کہ آخر ڈپٹی صاحب نے بلایا۔ رات کو پہرہ دیا ہے اس سے وہ خوش ہو گئے، ضرور کسی نے شکایت کی تھی اسی لئے رنج تھے۔ رام لال جھونپڑی کے اندر گیا اور اپنی پھٹی ہوئی پگڑی سر میں لپیٹ لی، ہاتھ میں لاٹھی لیکر پیادہ کے ساتھ چل پڑا۔

زمیندار کے بنگلہ پر آیا تو ڈپٹی صاحب سامنے ہی کرسی پر بیٹھے ہوئے تھے۔ رام لال نے باری باری سب کو جھک جھک کر سلام کیا، ڈپٹی صاحب نے دیکھتے ہی گرج کر کہا:-

"تم بوڑھا ہو گیا، مگر بالکل گدھا ہے۔ رات بھر کاہے کو چلاتا پھرتا ہے۔ کوئی ڈاکو دلّا تھوڑا ہی بیٹھا ہے"

رام لال بولا۔ "سرکار ہم تو روز پہرہ دیتے ہیں"

ڈپٹی صاحب نے ڈانٹ کر کہا، "ہاں پہرہ دیتا ہے۔ پاگل کہیں کا، رات کو سونے

نہیں دیتا جبرواتیرا آج سے آواز سُنی۔گھر میں سویا کیوں نہیں رہتا ؟

رام لال سر جھکائے گھر چلا گیا۔ اس کا دل بہت کڑھا ہوا تھا، پھر بھی اپنے کاموں میں لگا رہا غریب کو کام سے کب چھٹی ہوتی ہے۔ اس رات سے رام لال نے گاؤں میں گھومنا بند کر دیا۔کسی نے اس کی آواز نہ سنی۔

ہونیوالی بات، دو چار دنوں کے اندر ہی ڈپٹی صاحب کے گھر میں چوری ہوگئی۔ صبح کو رام لال اُٹھا تو اس کو معلوم ہوا۔ جانے ہی کی فکر میں تھا کہ زمیندار کا پیادہ آیا اور بولا۔

"ڈپٹی صاحب بلا رہے ہیں"

رام لال اسکے ساتھ چلا گیا، ڈر رہا تھا، اور غریب ڈرتا کیسے نہیں، جب پہرہ دیتا تھا تو بات سننی پڑتی تھی، اور اب ڈپٹی صاحب کو یہ جھگڑے یاد رہیں گا کہ اُنہیں نے پہرہ دینے کو منع کر دیا تھا۔ اسی خیال میں الجھا ہوا رام لال بنگلہ پر پہنچا، ڈپٹی صاحب کرسی پر بیٹھے ہوئے تھے اور اُن کی آنکھوں سے چنگاریاں نکل رہی تھیں، دیکھتے ہی غریب پر جھپٹ پڑے اور جتنی گالیاں دے سکتے تھے دیں، دو چار تھپڑ بھی جو بوڑھے رام لال کی قسمت میں لکھے تھے مل گئے۔

تھانیدار آیا، چوری کی رپورٹ لکھائی گئی اور وہ چلا گیا۔ ڈپٹی صاحب رام لال کی جتنی شکائتیں کر سکتے تھے ختم کر دیں۔ نتیجہ اور تو کچھ نہ نکلا، البتہ رام لال کی نوکری جاتی رہی اور اسکے بعد چوری ہونے کی بات ہوئی

یہ کہانی بہت پرانی ہے، اب نہ رام لال ہے۔ اور نہ ڈپٹی صاحب، مگر اس کہانی کو لوگ اب بھی دہرایا کرتے ہیں۔ •

ٹوٹا تارہ

آج اس لمبے چوڑے شہر میں وہ خود بالکل اکیلا محسوس کر رہا تھا۔ وہ پارک کے ایک بنچ پر بیٹھا تھا۔ سامنے بڑے سے تالاب میں عالیشان عمارتوں کی بجلی کی روشنی کھیل رہی تھی۔ پارک میں شوقین مزاج لوگ تالاب کے کنارے ٹہل رہے تھے کہیں کہیں کچھ لوگ ایک جگہ بیٹھ کر باتیں کر رہے تھے۔ آپس کی چھیڑ چھاڑ دلچسپ باتیں، ہنسی، مذاق، قہقہے اور آس پاس کی سڑکوں پر آنے جانے والی گاڑیوں کی کھڑکھڑاہٹ۔

پرکاش پارک کے ایک بنچ پر پیچھے کی طرف جھکا ہوا بیٹھا تھا، سر کے بال اُلجھے تھے۔ اُس کی آنکھیں تالاب کی سطح پر تھیں۔ لیکن اُس کا دماغ پچھلے واقعات کی یاد سے بھرا ہوا تھا۔ جیسے شام کے وقت کبوتروں کا ڈربہ۔ یا کسی میلے کے موقعہ پر تھرڈ کلاس کا ڈبہ ——— ایک ایک بات اُس کو

اس طرح یاد آرہی تھی جیسے یکے بعد دیگرے سینما کی تصویریں۔ اُس کا دماغ پریشان تھا ——
اُس کو ایک بات یاد آئی جب اُس نے اپنے دوست رمیش سے رادھا کا ذکر کیا تھا۔ رمیش نے کہا تھا "ان باتوں کو دل میں جگہ نہ دو۔ ابھی پڑھائی ختم کرلو تو اس نے جل کر کہا تم دیوانے ہو۔ میں ایک زمانے سے چپ چاپ دل ہی دل میں اُس کی پوجا کر رہا ہوں۔ اور اب جب رادھا کی ماں کو اپنی ماں سے بیاہ کرنے کی باتیں کرتے تو سنا تو اُسکا ذکر نہ کروں۔ اور وہ بھی تم سے۔"
رمیش نے کہا تھا۔
"دو سال اور باقی رہ گئے ہیں بی اے کرلو، پھر ساری رنگینیاں سمیٹ کر اپنے دل میں رکھ لینا۔"
اور اس نے شاعرانہ انداز میں کہا تھا۔
"رادھا بھی مجھ سے پریم کرتی ہے اور جب دو ندیاں ایک ہی طرف بہنے لگیں تو جلد سے جلد ان کی دھاراؤں کو ملکر ایک ہو جانا چاہئے پھر ان میں زیادہ روانی اور تیز بہاؤ پیدا ہو جاتا ہے۔"
رمیش نے سوکھے پن کے ساتھ جواب دیا تھا۔
"دیکھتا ہوں تمہاری طبیعت میں رومان زیادہ پیدا ہوتا جا رہا ہے ——"
اس پر اُس نے کہا تھا۔
"بیشک جس نوجوان کے پہلو میں رومان پرور دل نہیں ہوتا۔ جس کے دل میں اُمنگیں پیدا ہوتی ہیں۔ اور نہ رنگین اُٹھتی ہیں۔ حوصلے ہوتے ہیں اور نہ ولولے جس کسی کے دل میں ہر وقت ایک ہنگامہ نہ پیدا ہوتا ہے۔ اُسے نوجوان کہنا غلط۔ ایسے لوگ فرائض کا بوجھ کندھے پر اُٹھائے پھرتے ہیں۔ دوسروں کی بنائی ہوئی زندگی کی لمبی سڑک پر آنکھیں بند کئے بڑھتے چلے جاتے ہیں۔ ایسے

لوگ دنیا کو کوئی نیا راستہ نہیں دکھاتے۔ وہ نہ کوئی شاندار کامیابی حاصل کرتے ہیں اور نہ ہوتا کہ ناکامی۔ ایسے لوگوں کی زندگی بار برداری کے بیل سے زیادہ دلچسپ ہرگز نہیں۔ تم مجھے ایسا ہی بیل دیکھنا چاہتے ہو۔"

اس پر رمیش نے بڑی سنجیدگی سے کہا تھا۔

"اس لمبی تقریر کا مطلب؟"

اُس نے جواب دیا تھا۔

"مطلب یہ کہ رادھا کو حاصل کرنے کی ہر ممکن کوشش۔"

رمیش نے سمجھاتے ہوئے کہا تھا۔

"کوشش کی بات کیا ہے۔ یہ تو جانی ہوئی بات ہے کہ وہ تم سے بیاہی جائیگی۔ پھر دن رات اُس کے خیال میں ڈوبے رہنا کیا معنی اُس سے زیادہ اہم مسئلہ تعلیم کا ہے۔ اس سے غفلت نہ کرو۔"

رمیش کی اس بات پر وہ خفا ہو کر اُسکے گھر سے چلا آیا تھا۔ اور خفگی اتنی تھی کہ رمیش سے ملنا جلنا اُس نے ترک کر دیا تھا ——— آج نہ جانے رمیش کہاں تھا۔

پرکاش اُٹھ بیٹھا۔ اُس کی آنکھوں کے سامنے سے پردہ سا ہٹ گیا۔ رمیش نے موقع موقع پر جو باتیں کہی تھی وہ سب ایک ایک کر کے سامنے تھیں اُس کا دل چاہا کہ خوب روئے مگر رو نہ سکا۔ دوسرے واقعات یاد آنے لگے اور وہ چپ چاپ سوچنے لگا۔ اب کیا ہو۔

"اب کیا ہو؟"

یکایک اُسے رادھا کا جملہ یاد آگیا جب اُس نے پہلی مرتبہ کھلکر محبت کا اقرار کیا تھا۔ اور

یہی سوال کیا تھا۔ اور اس نے پورے جوش کے ساتھ کہا تھا۔

"جس طرح بچپن سے ساتھ ہیں، ساری زندگی ساتھ رہیں گے"۔

اس کو بچپن سے لیکر جوانی تک کی باتیں ایک ایک کر کے یاد آنے لگیں۔ دونوں کے ماں باپ کی دوستی۔ پاس پاس گھر، باغیچے میں ساتھ کھیلنا۔ امرود کے درختوں پر چڑھنا اور رادھا کو پھل توڑ کر دینا، کبھی آدھا پھل کاٹ کر دینا، پھر پڑھنا۔ پڑھنے میں کبھی پھر رادھا کو پڑھانا، کھیل کود شرارتیں، پھر اپنا رادھا سے کترانا اس کا لجانا۔ دونوں کا الگ الگ رہنے کی کوشش کرنا، پھر بھی کسی وقت نہ بھولنا، پھر چڑھانا۔ بہت سی باتیں ـــ بہت سی باتیں۔ محبت کا اقرار۔ اسکے بعد دونوں کے ماں باپ کی بات چیت ـــ دونوں کی خوشی۔ والدین کے سامنے ملنا چپ چاپ، سادہ لوحی کے ساتھ، مگر وقت نکال کر دل کی باتیں کہہ جانا۔

پھر ایک دن کی بات اس کو یاد آئی۔

وہ اپنے کمرے میں اکیلا بیٹھا تھا۔ اسکے ہاتھ میں ایک کتاب تھی لیکن اسکا دماغ اور دل دونوں ایک فلم کی کہانی میں الجھے ہوئے تھے۔ جو اس نے پچھلی رات کو دیکھا، کہانی میں یہ ثابت کیا گیا تھا کہ مرد کم ظرف اور بے وفا ہوتا ہے۔ عورت مجسم ایثار اور شرافت کا نمونہ ـــ وہ سوچ رہا تھا کہ کہانی کے مصنف کا خیال کس حد تک صحیح ہے۔؟

اتنے میں رادھا آگئی۔ بالکل اچانک طور پر ـــ اور آتے ہی سوال کر بیٹھی تھی۔

"آپ کا سریندر کے بارے میں کیا خیال ہے؟"

سریندر اس فلم کا ہیرو تھا جس نے ایک عرصہ تک ایک غریب لڑکی سے محبت جتائی۔

لیکن زندگی میں کامیاب ہونے کے بعد اس نے ایک مالدار لڑکی سے شادی کر لی۔ اور غریب کی محبت کو ٹھکرا دیا۔

اور اس نے گھبرا کر ہکلاتے ہوئے کہا۔

"اس کا مطلب؟"

رادھا نے کہا تھا

مطلب بالکل صاف ہے۔ ماتا جی کی باتیں آپ سن چکے ہونگے۔ ان دونوں نے کیا فیصلہ کیا ہے۔ ایک سال میں آپ بی۔ اے پاس کر لینگے۔ اُس وقت بڑے بڑے گھروں سے آپ کی بات آئے گی۔ پھر۔۔۔۔"

اس نے پورے جوش کے ساتھ جواب دیا تھا۔

"مرنیدر تو کمینہ تھا۔ ذلیل مردود ـــــــ"

اس پر رادھا مسکرا کر کمرے سے چلی گئی تھی۔ اور وہ دیر تک اُس کی مسکراہٹ سے لطف لیتا رہا۔ اُس کے دل پر جیسے کسی نے تان کر گھونسہ مار دیا ہو۔

پرکاش پھر اُٹھ بیٹھا اُس نے پارک کے چاروں طرف نظر دوڑائی ہر طرف مرد، عورتیں اور بچے ٹہل رہے تھے۔ پارک میں چہل پہل شام ہی جیسی تھی۔ گو کچھ رات جا چکی تھی۔

اُس نے دیکھا۔ ایک عمر رسیدہ عورت کے ساتھ ایک نوجوان پارک سے باہر جا رہا تھا عورت کچھ کہتی جا رہی تھی اور نوجوان سر جھکائے اُس کے پیچھے پیچھے جا رہا تھا۔ وہ کیا بول رہی تھی۔ اُسے پرکاش نہ سن سکا۔ وہ دونوں چلے گئے لیکن پرکاش پارک کے دروازے کیطرف دیر تک دیکھتا ہی رہا۔

اُسے اپنی ماں یاد آگئی۔ اُس کی محبت بھری باتیں اور اپنی شرارتیں اسکا دل مچل کر رہ گیا وہ پاک اور بے غرض محبت کی دیوی سیکنڈوں میں اُس سے دور تھی۔ اگر اس وقت وہ اس کے پاس ہوتی تو وہ اُس کی گودی میں منہ ڈال کر دیر تک روتا رہتا۔

اُس کی آنکھوں میں آنسو بھر آئے۔ پھر گالوں پر ڈھلک آئے ساتھ ہی ایک بات یاد آگئی۔

وہ امتحان کی تیاری کر رہا تھا —— ماں نے کہا تھا۔

"جلدی جلدی پڑھ۔ تیرا بیاہ کردوں —— بہو لاؤں کب تک اکیلی رہوں گی۔"

اس پر شرارت سے اُس نے جواب دیا تھا۔

"ماتا جی میں بیاہ نہیں کروں گا۔"

ماں نے پوچھا تھا

"کیوں؟"

اُس نے شرارت سے لیکن بڑے فلسفیانہ انداز میں دیا تھا۔

"ماتا جی! بیاہ کرنے سے آدمی کسی کام کا بھی نہیں رہتا۔ عورت کا ساتھ ہوتے ہی مرد روپیہ کمانے کی مشین بن کر رہ جاتا ہے۔ اسکی ساری خوشیاں عورت کی خواہشوں کی بھینٹ چڑھ جاتی ہیں۔"

ماں نے بات کاٹ کر کہا۔

"تو پھر دُنیا کیسے چلے۔ گھر گرہستی کی خوشی کیسے نصیب ہو۔ اور استری کا پریم جو مرد کیلئے دنیا کی سب سے بڑی نعمت ہے۔ وہ کیسے حاصل ہو۔ ماں باپ اور نسل کا نام کیسے چلے۔"

اس نے جواب دیا تھا۔

"ماتا جی اور سب باتیں تو ٹھیک۔ پر استری پریم کا نام نہ لیجئے میں تو سمجھتا ہوں کہ کوئی عورت کسی سے محبت نہیں کر سکتی۔ عورت کو صرف اپنے سنگار کی فکر ہوتی ہے۔ وہ اپنے پتی سے تھوڑا سا پریم دکھاتی ہے جو پریم کرتی ہے۔ وہ اس لئے کہ استری بننے کے بعد یہ استری کا سنگار ہے۔ وہ بچے کی آرزو مند اسی لئے ہوتی ہے کہ ایک خاص عمر تک بچہ ہونا اُس کے سنگار میں داخل ہے۔ تو پھر میں کسی کا سنگار بننے کے لئے اپنی ساری آزادی اور خوشی کا ناس کیوں کروں؟"

اس کی ماں نے کہا تھا۔

"تو رادھا کو بھی ایسی ہی سمجھتا ہے؟"

اس نے جلدی میں گھبرا کر کہہ دیا تھا۔

"ہاں ——"

حالانکہ اس کا دل اسکے زبان کے خلاف تھا۔ اُس کی ماں نے اُس پر اُس کو پیار سے ایک تھپڑ مارا تھا۔ اور اُس نے اپنا سر ماں کی گود میں ڈالکر زور زور سے قہقہہ لگانا شروع کر دیا تھا۔

اس کے دل پر جیسے کسی نے تان کر گھونسہ مار دیا۔ اُف یہ دُنیا کس قدر نرالی ہے۔ اُس کا دل بیٹھنے لگا —— دُنیا اُس کو بالکل سناٹی محسوس ہونے لگی۔ جیسے جیل کی کوٹھڑی میں محسوس ہوتی تھی۔ اُس کو جیل کی کوٹھڑیاں یاد آئیں جن میں تین سال تک وہ رہا تھا۔ ایک جیل سے دوسرے جیل میں اور دوسرے سے تیسرے میں۔

اس کا سر بنچ کی پچھلی طرف جھک گیا۔ نظریں آسمان میں جم گئیں۔ منہ آدھا کھل گیا اور وہ سوچنے لگا تین سال کی مدت کتنی جلدی ختم ہو گئی۔ اور اس مدت میں کیا کیا انقلاب ہو گیا

جیل کی کوٹھری کی یاد کے ساتھ وہ سارے واقعات اس کو یاد آگئے جن کی وجہ سے وہ جیل گیا تھا۔ امتحان کے بعد کلکتہ کی سیر۔ وہاں چند نوجوانوں سے ملاقات۔ مزدوروں کی تحریک میں شرکت۔ نئے حوصلوں کے ساتھ واپسی۔ مل کی ہڑتال۔ اس کو کامیاب بنانے کی پوری جدوجہد۔ ہنگامہ، گرفتاری، مقدمہ، فیصلہ سننے کے لئے اپنے کل لوگوں کا آنا، تین سال کی لمبی سزا۔ سزا سن کر رادھا کی آنکھوں میں موٹے موٹے آنسو......

پھر جیل کی کوٹھری۔ رادھا کے محبت بھرے خطوط ــــــ اب یہ سب ہولناک اور دلفریب خوابوں کے مجموعہ سے زیادہ حیثیت نہیں رکھتے تھے۔ جن کی تعبیر بڑی ہولناک تھی۔

رادھا کے خطوط ایک ایک کر کے یاد آنے لگے ہر خط میں محبت کا کھلا اقرار، بے تابیاں، بیقراریاں۔ دیدار کی تمنا۔ ملاقات کا شوق۔ رادھا کی منگنی کی خبر۔ پھر اس کے بیاہ کے تذکرول کی خبر ــــــ پھر اس کا وہ خط جس میں اُس نے لکھا تھا: "جان دیدوں گی لیکن تمہارے سوا دوسرے کی نہیں ہو سکتی" پھر وہ خط جس میں اس نے لکھا تھا ــــــ "وہ نالائق ڈپٹی ہے اور آج کل بدلکر یہیں آگیا ہے۔ ہر روز آتا ہے۔ بابوجی کے پاس دو دو گھنٹے وقت گنواتا ہے۔ اس کو کیا معلوم۔ بابوجی کا حکم رادھا مان سکتی ہے۔ رادھا کا دل نہیں مان سکتا۔" پھر رادھا کی خاموشی ــــــ ماں باپ کا ملاقات کو آنا۔ ایک منحوس خبر رادھا کی شادی کی۔

اس کا دل جلدی جلدی کروٹیں لینے لگا۔ جیسے کوئی زبردست آدمی اُس سے اُسکی عزیز ترین چیز چھینے لئے جا رہا ہے۔ اُسکی آنکھوں سے آنسو بہ نکلے۔

جیل کی تاریک کوٹھری میں اس کا رات رات بھر جاگنا اور پریشان رہنا ہر خط کھولتے

وقت ڈرتے رہتا کہ کہیں رادھا کی خودکشی کی خبر نہ ہو۔ بے چارگی اور بے بسی کی حالت میں تڑپ تڑپ کر وقت کاٹتا۔

وہ گھبرا کر اٹھ بیٹھا کہ پارک سے نکل کر باہر چلا جائے۔ مگر اس کے دل پر پھر ایک دھکا لگا اور تین دن کی کیفیتوں نے اسے تڑپا دیا۔ ساری باتیں تیزی کے ساتھ دماغ میں آگئیں جیل سے رہا ہو کر گھر آنا۔ ماں باپ سے ملنا سب کی خوشی، دوسرے ہی دن رادھا سے ملنے کو یہاں چلے آنا۔ بڑی مشکلوں سے رادھا کے گھر کا پتہ معلوم کرنا۔ اس سے ملنا۔ رادھا کا لطف اس کی خوشی ساس کے شوہر سے تعارف۔ اس کا اظہار مسرت۔

یہ باتیں یاد کر کے اسے وحشت ہونے لگی۔ اس کا دل چاہا کہ سامنے تالاب میں کود پڑے جب اس کو رادھا کی انتہائی بے وفائی یاد آئی۔

آج وہ ایسے وقت میں گیا جب اس کا شوہر کچہری گیا ہوا تھا۔ دو گھنٹے سے زیادہ وہ رادھا کے پاس ٹھہرا۔ وہ سمجھ رہا تھا کہ رادھا اپنی مجبوریوں کی داستان چھیڑے گی۔ روئے گی دل کی بھڑاس نکالے گی۔ مگر اس کی امید کے خلاف جب تک وہ رادھا کے پاس رہا۔ رادھا برابر اپنے شوہر کی تعریف کرتی رہی۔ وہ برابر اپنی اور شوہر کی پر لطف زندگی کے گیت گاتی رہی اس نے نہ تو اس کا حال پوچھا۔ اور نہ پرانی باتوں میں سے کسی ایک کو دہرایا۔

یہ کاش گھبرا کر اٹھ بیٹھا۔ اس کا دل زور سے دھڑک رہا تھا۔ اور سر میں ہلکا ہلکا سا چکر آرہا تھا۔ اس نے چاروں طرف نظر دوڑائی۔ پارک بالکل سناٹا تھا۔ جیسے ہڑتال کے دن مل میں سناٹا ہوتا ہے۔

آج وہ اس لمبے چوڑے شہر میں خود کو بالکل اکیلا محسوس کر رہا تھا۔ تمام ارمانوں اور حوصلوں کے خوشنما محل جو اس نے کبھی بنائے تھے۔ سماج زمانہ کی ٹھوکر سے پاش پاش پڑے تھے۔ اور وہ سوچ رہا تھا۔ آئندہ زندگی کیوں نہ کسی مفید کام میں صرف کر دی جائے—
مگر وہ اس لمبے چوڑے شہر میں خود کو بالکل اکیلا محسوس کر رہا تھا۔ جیسے غیر محدود فضا میں ٹوٹا تارہ ہو

بخیر تمام

بوڑھے رام داس کو ایک ہی کام کرتے بائیس سال گزر چکے تھے۔ ایک ہی کام کسی دن بھی رفتار کار میں کوئی فرق نہیں آیا۔

صبح سویرے اُٹھ کر دور تک ریلوے لائن کو دیکھ آتا۔ کہ کہیں کوئی خرابی تو نہیں ہے۔ پھر اپنی گمٹی میں واپس چلا آتا اور بہت سے ایسے کام کرتا جس سے چند پیسوں کی روزانہ آمدنی بڑھ جائے گمٹی کے بغل سے شہر کی طرف سڑک جاتی تھی۔ یہ سڑک گمٹی کے پاس ریلوے لائن کو کاٹتی تھی۔ لائن کے دونوں طرف سڑک پر لوہے کا دروازہ تھا جس پر اسے کامل اختیار تھا اس اختیار سے وہ بعض ناجائز فائدے بھی اُٹھا لیا کرتا تھا۔ شہر کو جانیوالی گاڑیوں سے ہلکا پھلکا ٹیکس وصول کر لیا کرتا تھا۔ اس ٹیکس میں پاٹ خاص طور پر ملتا تھا جس سے وہ بہت ہی باریک ڈوری بٹتا اور بازار جا کر بیچ دیا کرتا۔

ریل گاڑیوں کے آنے کے وقت وہ بہت مستعد رہا کرتا تھا۔ دونوں طرف کے دروازے بند کرکے وہ اُس وقت تک نہ کھولتا جب تک گاڑی چلی نہ جاتی۔ اُس وقت بڑی سے بڑی رشوت بھی وہ قبول نہیں کرتا تھا۔ یہی وجہ تھی کہ بائیس برس کی لمبی مدت میں اس کی گمٹی کے راستے پر ایک حادثہ بھی نہیں ہوا تھا۔ ہمیشہ یہی دیکھا گیا کہ دن کے وقت دروازے بند کرکے وہ ہری جھنڈی اور رات کے وقت ہری بتی دکھا رہا ہے اور دروازے کے دوسری طرف کے آدمیوں کو سمجھا رہا ہے۔

اُسکا نام کم لوگ جانتے تھے۔ عام طور پر اُسے جمعدار کہا جاتا تھا۔ اور وہ خود بھی اپنے آپ کو جمعدار ہی سمجھتا تھا۔ کبھی کبھی وہ دروازہ بند کرکے بیل گاڑیوں کا راستہ روک دیتا اور بیل گاڑی والے ضد کرتے کہ انہیں جانے دے تو وہ کہہ دیا کرتا "اس وقت لاٹ صاحب بھی کہیں۔ تو پھاٹک نہیں کھل سکتا۔" اس وقت گاڑی والوں اور مسافروں کی خوشامد میں اسے بڑا لطف آتا۔

صبح سویرے جب وہ حد تک لائن دیکھ کر واپس آیا۔ تو اُس نے دیکھا کہ گمٹی کے پاس ہی ٹرالی کھڑی ہے۔ ٹرالی پر لال جھنڈی لگی ہے صاحب بیٹھا ہے۔ لوہار قلی کھڑے ہیں۔ رامداس نے دیکھتے ہی جھک کر سلام کیا۔ لیکن "صاحب" کی بعد وہ بھی ہندستانی "صاحب" کی سب سے بڑی شان یہ ہوتی ہے۔ کہ وہ اپنے ماتحت کام کرنے والوں سے اچھی طرح بات نہیں کرتا۔ چنانچہ رامداس کے سلام کا جواب صاحب نے منہ بنا کر دیا۔

"تم اتنا دیر کہاں گیا تھا ——؟"

رامداس صاحب کا رنگ دیکھ کر سمجھ گیا۔ اور بولا

"صاحب! میں لالٹن دیکھنے گیا تھا ——— "

صاحب نے اُسی شان کے ساتھ منہ بنا کر جواب دیا۔

"اور بڑا کام کرو، اچھا میں ——— جتنا کام ادھر سے لاٹ صاحب کا اسپیشل جائیگا تم اپنا لالٹن اور گمٹی صاف رکھے گا سُن لیا ——— "

رام داس نے گردن جھکا کر اُس کا جواب دیا۔

"ہاں صاحب!"

قلیوں نے ٹرالی کو دھکا دیکر آگے بڑھایا اور پھر دوڑنے لگے۔ ٹرالی تیزی سے چلنے لگی۔ رام داس دیر تک اُدھر دیکھتا رہا۔ صاحب کی شانِ بے نیازی۔ اُس کا رعب اُس کے کپڑے اُس کا حکم بڑے آدمی کی بڑی بات۔

جب صاحب کی ٹرالی نظر سے اوجھل ہونے لگی۔ تو وہ اپنی جگہ پر واپس آیا۔ اُسکی بیوی کھڑی صاحب کی باتیں سُن رہی تھی اور انتظار کر رہی تھی۔ کہ صاحب جائے۔ تو رام داس کو کھچڑی کھانے کو کہے۔ اُس کو فکر تھی۔ کہ کھچڑی ٹھنڈی ہو جائے گی۔ تو بدمزہ ہو جائیگی۔ اس نے لہسن مرچ کا کوچا خاص طور پر بنایا تھا۔ دھنیا کا ہرا پتا پتلا پتلا کاٹ کر اُس نے کوچا میں ملایا تھا۔ اور رام داس کو ایسا کوچا بہت پسند تھا۔ اور وہ خوش تھی۔ کہ دوسرے دنوں سے زیادہ کھانا کھائے گا۔

رام داس واپس آیا تو بہت خوش تھا ہر روز کی طرح۔ صاحب کی باتوں کا اُس پر کوئی اثر نہ تھا۔ اس قسم کی باتیں تو روز ہی ہوا کرتی ہیں۔ اس قسم کی باتیں سننا اور خواہ مخواہ کی افسروں کی جھڑکیاں سہنا، چھوٹے کام کرنے والوں کی ڈیوٹی میں شامل ہے۔ اسلئے وہ اگر کچھ خیال کرتا تو احمق تھا

لیکن اس کی بیوی نے سوال کر ہی دیا۔

"صاحب کاہے کو بول رہا تھا ——— ؟"

"رام داس نے اپنی ٹوٹی چارپائی پر بیٹھتے ہوئے کہا۔

جھوٹ موٹ کچھ نہ کچھ بگڑنا افسر کا کام ہے ——— ہاں کا پکا ہے۔ لاؤ تو ——— اور ذرا اریل چڑھا دے۔"

اُس کی بیوی کوٹھری میں چلی گئی۔ رام داس نے گمتی کو دیکھا چھوٹے سے سائبان میں کھانا پکانے کی وجہ سے چھت اور دیوار دھواں سے کالی ہو گئی تھی۔ اس نے سوچا۔ کہ اب کوئی گاڑی شہر سے چونا لیکر جائے گی۔ تو تھوڑا سا چونا اُس سے لے لیگا۔ تھوڑا سا چونا اِس سائبان کی سفیدی کے لیے کافی ہوگا۔ پھر اُس نے اپنی لگائی ہوئی ننھی سی پھلواڑی کو دیکھا۔ جو گمتی سے ملی ہوئی زمین میں اُس نے بڑی محنت سے لگائی تھی۔ اُس ننھی سی پھلواڑی میں گیندا، جٹا دھاری، سورج مکھی، بیلا اور کنیر کے لال پیلے اور اُجلے پھول کھلے تھے۔ عشق پیچاں کی بیل بانس کی قمچی کے سہارے چڑھ کر گمتی کے اوپر پہنچ چکی تھی۔ اور گمتی کا سرا آدھا ڈھک گیا تھا۔ لہلہاتے ہوئے پھولوں کو دیکھ کر اُس کا دل خوش ہو گیا۔ اتنے میں اِس کا طوطا بول اُٹھا۔ "اٹھو۔ اُٹھو کھا لو" طوطا جو کچھ سنتا تھا۔ وہی دہراتا تھا۔ اور جب رام داس چارپائی چھوڑ کر کھانے پر بیٹھا۔ تو طوطے نے رام داس ہی کی سکھائی ہوئی بات دہرائی۔ "پہلے کہو رادھے شیام رادھے کرشن، پھر کھاؤ بیٹا۔"

رام داس نے طوطے کو دیکھا بے ساختہ اُسکے ہونٹوں پر مسکراہٹ دوڑ گئی اور بولا۔

"اچھا اچھا ——— بیٹا"

یہ کہتے ہوئے رام داس اُٹھا۔ اور تھوڑی سی کھچڑی طوطے کی کٹوری میں دے کر بولا۔

"پہلے کہو رادھے شیام رادھے کرشن، پھر کھاؤ بیٹا۔"

لیکن طوطا باتوں کو دہرا سکتا ہے حکم کی تعمیل اُس کے بس سے باہر ہے۔ اُس نے بغیر رادھے شیام رادھے کرشن کہے کھانا شروع کر دیا۔ رام داس نے بھی۔

رام داس کو کھانے میں بڑا مزہ آیا۔ اُسی وقت اُس نے اپنی بیوی سے کہا۔

"چھٹی ملے تو مچھلی مار لائیں۔ بہت دن ہوئے مچھلی کھائے۔ ایک جگہ کھانے میں مچھلی ہے پانی بھی تھوڑا ہے اور پھلواڑی میں نینیا کا ساگ بھی ہے بڑا مزہ آئے گا۔"

اُس کی عورت نے بھی ہاں میں ہاں ملائی۔

---o---

رام داس کو جب سے صاحب نے آکر خبر دی، کہ لاٹ کی اسپیشل جانیوالی ہے۔ وہ اپنے کاموں میں لگ گیا تھا۔ وہ جانتا تھا کہ اُسے کیا کام کرنے ہونگے۔ اُس کو کسی سے کچھ پوچھنا نہ تھا۔ وہ بائیس سال کی مدت سے یہی کام کرتا آیا تھا۔ ایک دو بار نہیں بیسیوں مرتبہ لاٹ صاحب کی گاڑی اُدھر سے گزر چکی تھی۔

جمعہ کا دن آگیا۔ اُس نے اپنے علاقہ کی لائن دیکھ لی۔ ہر جگہ دیکھ لی۔ ہر جگہ اچھی تھی۔ لائن کے دونوں طرف کی گھانس اُس نے خود ہی صاف کی تھی گمٹی کا سائبان جو کالا ہو گیا تھا۔ اب وہ بھی مانگنے کے چونا سے سفید ہو چکا تھا۔ ٹوٹی ہوئی چارپائی کو اُس نے گمٹی کے پیچھے رکھ دیا تھا گیندا، بیلا، جٹادھاری اور کینل کے پھول کھلے ہوئے تھے۔ عشق پیچاں کی بیل بانس کی تھمی

کے سہارے چڑھ کر گمتی کے اوپر پہنچ چکی تھی۔ اس سے ہر طرف نگاہ دوڑائی۔ اس کا دل خوش ہو گیا اُس کی بیوی نے ناریل چڑھا دیا۔ اور وہ ٹہل ٹہل کر پینے اور دھواں اڑانے لگا۔

اُسے دور سے مال گاڑی آتی دکھائی دی۔ رام داس نے دوسری طرف کا دروازہ بند کر دیا۔ پھر گمتی کی طرف کا اور اطمینان سے بیٹھ کر ناریل پینے لگا۔ مال گاڑیوں کے آنے پر وہ لوگ مطمئن رہتے تھے۔ اس کی عورت سائبان میں بیٹھی ہوئی اُس کی لائی ہوئی مچھلی بنا رہی تھی۔ پھلواری میں سے نُنیا کا ساگ پہلے ہی وہ لا کر صاف کر چکی تھی۔

رام داس بے چینی سے وقت کا انتظار کر رہا تھا۔ لاٹ صاحب کی سپیشل چلی جائے تو پھر اطمینان نصیب ہو۔ بہت سی پسنجر اور مال گاڑیاں آئیں اور چلی گئیں۔ اس نے اپنا کام مستعدی سے کیا۔ لیکن اُس کو یہی محسوس ہوتا رہا۔ کہ یہ سب ضمنی کام تھا۔ اصل کام باقی ہے۔

آخر وہ وقت بھی قریب آ گیا، جب لاٹ صاحب کی اسپیشل ٹرین گزرنے والی تھی۔ ایک گھنٹہ سے پہلے وہی صاحب نے کہہ گیا کہ اسپیشل آنے میں اب زیادہ دیر نہیں ہے۔ لائن پر جگہ جگہ چوکیدار کھڑے کر دیئے گئے۔ تاکہ لائن کو کوئی بدمعاش خراب نہ کرنے پائے۔

سورج ڈوبتا جا رہا تھا اور بہت ہی ہلکی ٹھنڈک پیدا ہو چلی تھی۔ اب وقت بہت کم تھا شائد دس منٹ لاٹ صاحب کی اسپیشل ٹرین کا کوئی خاص وقت مقرر تو تھا نہیں۔ اُس کی بیوی نے کہا۔ کہ مچھلی پک گئی کھا لو۔ لیکن اُس نے جواب دیا: "اب گاڑی چلی جائے تو اطمینان سے کھائینگے۔"

وہ اپنی جگہ سے اٹھا اور دوسری طرف کا دروازہ بند کرنے چلا ایک دو بیل گاڑیاں دروازے سے اِدھر آ چکی تھیں۔ چار پانچ اُدھر باقی رہ گئی تھیں۔ جو دوسری طرف رہ گئیں۔ اُسکے گاڑیبان

ضد کر رہے تھے۔ کہ جب اُن کو جانے دیا۔ تو ہمیں بھی جانے دے۔ رامداس نے پہلے سمجھایا پھر اپنی نوکری کا واسطہ دیا۔ خوشامدیں کیں لیکن گاڑیبان موٹی عقل کے ہوتے ہیں۔ کوئی بات ان کی سمجھ میں آسانی سے آتی کب ہے۔ وہ اپنی ضد پر قائم رہے۔ دوسری طرف کا دروازہ کھلا تھا۔ ایک دو گاڑی والے جو دوسری طرف سے آ رہے تھے۔ اُسی طرف رُک گئے۔

بحث جاری تھی۔ رام داس سمجھا رہا تھا۔ گاڑیبان الجھ رہے تھے۔ وہ دوسری طرف کا دروازہ بھی بند نہ کر سکا۔ شاید وہی گاڑیبان "پھاٹک" کھول کر گاڑی ہانک دیں۔ جب سارا سمجھانا بیکار ہوا تو اُس نے صاف کہہ دیا۔

"اس وقت اگر لاٹ صاحب بھی کہیں۔ تو دروازہ نہیں کھل سکتا۔"

ایک جوان گاڑیبان اس کا مذاق اڑا کر ہنسنے لگا۔ رام داس نے اپنے لفظوں پر زور دے کر کہا۔

"ہاں ہاں ——"

یکایک گاڑی کے آنے کی آواز اُس کے کانوں میں آئی۔ اُس نے پلٹ کر دیکھا۔ لاٹ کی اسپیشل ٹرین بہت قریب آ چکی تھی۔ دوسری طرف کا "پھاٹک" کھلا ہوا تھا۔ اب کیا ہوگا؟ ڈیوٹی میں بے فکری۔ نوکری کا چلے جانا تو ضروری بات تھی۔ اگر نہ بھی گئی۔ تو لمبی ڈانٹ تو ضروری تھی۔

وہ بوکھلا سا گیا۔ کچھ نہیں سوچ سکا۔ تیزی سے وہ بڑھا کہ لائن کو پار کر کے گاڑی کے جانے سے پہلے "پھاٹک" بند کر دے لیکن وہ بند نہ کر سکا۔ لاٹ صاحب کی اسپیشل ٹرین گذر گئی۔

لائن کے ایک طرف رامداس کی لاش کے ٹکڑے جیسے قصاب کی دوکان سے آیا ہوا گوشت

اُس کی عورت روتی چلاتی رہی ——— اور ڈوبتے ہوئے سورج کی مٹتی ہوئی روشنی میں لاٹ صاحب کی اسپیشل ٹرین تیزی سے چلی گئی۔

دوسرے دن اخبارات میں خبریں موٹے حرفوں میں چھپیں۔

"لاٹ صاحب کی اسپیشل ٹرین بخیر تمام پہنچ گئی +

(اس کہانی کا مرکزی خیال ایک بنگالی کہانی سے لیا گیا ہے)

شرابی

جب اُس کی آنکھ کھلی تو سورج اونچا اُٹھ چکا تھا اور اُس کی تیز کرنیں اُسکے چہرے پر پڑ رہی تھیں۔ اُس نے اُٹھتے ہی چاروں طرف نظر بھر کر دیکھا۔ ہر طرف سناٹا تھا۔ اُس نے سر میں ہلکا ہلکا درد محسوس کیا۔ ماتھے پر ہاتھ پھیرتے ہی اُس کا ہاتھ پسینے سے بھیگ گیا۔ تھکن سے اُس کا سارا بدن چور اور ٹوٹتا ہوا معلوم ہو رہا تھا۔ ماتھے کو دو چار بار دبانے کے بعد اُس نے ایک لمبی جمائی لی اور کوشش کر کے سارے جسم کو زور دیکر کھینچا۔ اُٹھنے کی کوشش کی لیکن جی نہ چاہا۔ وہ سر جھکائے بیٹھا رہا۔

شراب کی ٹوٹی ہوئی بوتل اور گلاس کے ٹکڑے اسکے سامنے بکھرے پڑے تھے۔ اُن پر اُس کی نظر جم گئی۔ وہ بالکل خالی دماغ تھا۔ کوئی بات اس کی سمجھ میں نہ آ رہی تھی —— رات کے واقعہ پر وہ غور کرنے لگا۔ رات کتنی پیاری تھی۔ چاندنی رات تھی۔ کبھی کبھی بادل کے ٹکڑے چاند

کو چھپا لیتے تھے۔ ہیروائی تیزی کے ساتھ چل رہی تھی۔ وہ اپنے چمن میں بیٹھا تھا۔ چمن کی یاد آتے ہی اُس کو کچھ تکلیف سی ہوئی۔ اور تھوڑی دیر کے لئے اُس کے خیالات غائب ہو گئے ـــــ مگر پھر اُس کو خیال آیا ـــــ ایسے وقت میں طبیعت چاہتی کچھ پینا چاہیے۔

یہ خیال آتے ہی وہ سوچنے لگا۔ اسی پینے نے کہیں کا نہیں رکھا۔ چار بیگھ زمیندار اور کل نقدی ـــــ اب کچھ نہیں ـــــ اس کو اپنے کئے پر افسوس آنے لگا...... وہ بری طرح پچھتانے لگا۔ آخر اُس نے شراب پی کیوں تھی۔ اس کمبخت کو منہ ہی کیوں لگایا تھا ـــــ بُرا ہو ان دوستوں کا جنھوں نے اس کی چاٹ دلائی۔ اب کوئی کمبخت آتا بھی نہیں ـــــ۔

میں اب بھی وہی ہوں۔ میرا مکان وہی ہے۔ میرا چمن وہی ہے۔ ہاں پہلے جیسا ہرا بھرا نہیں۔ اُس کے دل پر ایک دھکا لگا ـــــ آہ کتنا خوبصورت چمن تھا۔ لوگ دیکھ کر تعریفیں کرتے تھے وہ اسی چمن میں بیٹھا تھا۔ دوست احباب بیٹھے تھے اور پینے کی بات چھڑی ـــــ اور یہ لعنت سر پر بھوت بنکر سوار ہو گئی۔

اُس نے یکایک محسوس کیا۔ اُس کے پسلی میں کچھ درد سا ہو رہا ہے قمیص اٹھا کر ٹٹول کر دیکھا۔ پسلی پر نیلا نشان اور ابھار تھا اور درد بھی۔ یاد آ گیا کہ اُس کو لوگوں نے مارا بھی ہے، تھوڑی دیر تک وہ اپنے کئے پر پچھتا تا رہا۔ سوچنے لگا۔ اگر شراب نہ پیتا تو یہ نوبت ہی نہ آتی۔ آج اس حال میں نہ ہوتا۔

مگر اس کا خیال بہک کر ایک ہوٹل میں پہنچا جہاں وہ اپنے دوستوں کے ساتھ جا کر شراب پیا کرتا تھا۔ صاف صاف کپڑے پہنے بیرے چمکتی ہوئی بوتلیں۔ چھلکتے ہوئے گلاس

بیروں، کلاوپ، سگریٹ کی سنہری ڈبیہ ـــــ ساری چیزیں یاد آئیں۔ تھوڑی دیر کیلئے خود کو اسی ماحول میں محسوس کرنے لگا۔ اپنی موجودہ حالت کو بھول گیا ـــــ پھر باتیں یاد آئیں ـــــ اپنے عالیشان بنگلے میں دوستوں کی دعوتیں ـــــ پیلی پیلی چمکتی ہوئی بوتلیں۔ دوستوں کے قہقہے دلچسپیاں ـــــ پھر چمپا سے ملاقات اور ساری دلچسپیاں۔

چمپا کی یاد نے اُس کو تھوڑی دیر کے لئے بے چین کر دیا لیکن اُس کی بے رخی اس کو یاد آ گئی۔ وہ روٹھ کر چلی گئی تھی۔ اس کی فرمائش تھی۔ ایک ہار کی وہ پورا نہ کر سکا تھا۔ حالانکہ ہزاروں روپے لے چکی تھی، مگر اس نے آنکھ بدل دی۔ ایک ہی بار میں۔

چمپا کی بے رخی کے ساتھ ہی اُس کو اپنی بیوی کی یاد آ گئی جس کو اس نے خوب خوب ستایا اور رلایا تھا مگر پھر بھی جب پیسے ختم ہو گئے۔ تو اس نے اپنا سارا گہنا بھی اُس کے حوالہ کر دیا۔ اُس کو اپنی زیادتیاں یاد آئیں اور دل دُکھنے لگا۔ اگر اب وہ موجود ہوتی تو گڑ گڑا کر اس سے معافی مانگ لیتا۔ لیکن وہ مر چکی تھی۔ یہ خیال آتے ہی اُس کو ہو بھی افسوس ہوا۔ آہ میں نے اُس کے نام پر ایک دھیلا خیرات بھی نہیں کیا۔ اُس کی آنکھوں میں آنسو بھر آئے۔

بیوی کی موت کے خیال نے اُس کو اپنی موت کی یاد دلا دی۔ وہ سوچنے لگا۔ مجھے بھی ایک دن مرنا ہے۔ آہ کتنے گناہ میں نے کئے ہیں۔ نہ دین کا رہا اور نہ دنیا کا۔ دونوں گنوا بیٹھا خدا کو کیا منہ دکھاؤں گا۔ مرنا تو ایک دن ہو گا ہی۔ آہ کبھی ایک وقت نماز بھی تو نہیں پڑھی اور یہ سب کچھ شراب کی وجہ سے ہوا ـــــ

شراب کی یاد آتے ہی پھر دوسری باتیں یاد آنے لگیں، برانڈی، وسکی، شامپین — پھر رم، پورٹ — پھر پیسوں کی کمی، نصو لیسی شراب پلائی — بھٹی کی بدبو، گندے لوگوں کی فضول بکواس۔ ذلیل قسم کے گانے — وہ کہاں سے کہاں پہنچ گیا۔

اس کو اپنے آپ سے نفرت ہونے لگی، وہ اپنے کاموں پر کڑھنے لگا۔ اس کا دل دکھنے لگا۔ آنکھوں میں آنسو بھر آئے: "اس کمبخت شراب نے مجھے کہیں کا نہیں رکھا۔" اُس نے دل ہی میں کہا۔ اور رونے لگا۔ دیر تک روتا رہا۔ سارا چہرہ آنسو اور پسینے سے تر ہو گیا۔ رات کو کچھ دوستوں کے ساتھ بھٹی سے آیا تھا۔ اُن لوگوں نے جن کے روپیوں پر میرے احسانات ہیں آہ یہ سب کچھ میری ناسمجھی سے ہوا۔ لیکن اب مجھے سنبھل جانا چاہیے۔

اُس نے یہ فیصلہ کیا۔ اب کبھی شراب نہ پیئے گا۔ نماز پڑھے گا۔ شریف آدمیوں کی سی زندگی گزارے گا۔ وہ سجدے میں گر پڑا اور خوب رویا۔

دھوپ تیز ہوئی۔ گرم ہوا چلنے لگی تو وہ اُٹھا۔ اور سر جھکائے گھر کی طرف چلا۔ سناٹا میدان تھا۔ ایک آدمی نظر نہ آیا۔ کہیں کہیں پر درخت تھے اور بس۔

وہ برابر چلتا رہا۔ نیک بننے کا وہ مضبوط فیصلہ کر چکا تھا۔ زبان پر برابر توبہ استغفار توبہ استغفار کا دورہ تھا۔

آخر وہ شہر میں پہنچا۔ ساری رونقیں تھیں۔ کہیں کچھ کمی نہ تھی — ایک دکان پر گراموفون بج رہا تھا۔ لوگوں کی بھیڑ تھی۔ ریکارڈ بھی اچھا تھا۔ اس بھیڑ میں وہ بھی جا ملا۔ سب کے ساتھ سنتا رہا۔ گراموفون بجنا بند ہوا تو وہ گھر کی طرف روانہ ہوا۔ راستہ میں گاڑی، گھوڑے، موٹر، سائیکل

اور ساری سواریاں ملیں، ہٹو بچو کے ہنگامے نے ساری باتیں اُس کے دماغ سے نکال دیں صرف بچنے کا خیال اُس کے دماغ میں رہ گیا۔

وہ کچھ دور اور بڑھا۔ دور سے ویسی شراب کی بو ناک میں آئی لیکن وہ سر جھکائے بڑھتا گیا۔ دل چاہا کہ اس طرف چلے لیکن وہ چند قدم اور آگے بڑھا ـــــ پھر راستہ بدل کر بھٹی کی طرف چلا۔ خیال ہوا۔ پئیں گے نہیں۔ مگر شاید کوئی کمبخت نظر آجائے۔ وہ اسی طرف بڑھتا گیا۔ اور بھٹی کے سامنے پہنچا۔ بہت سے آدمی بیٹھے تھے۔ سب کو دیکھنے لگا ـــــ دیر تک دیکھتا رہا۔ گرمی معلوم ہوتی۔ خیال ہوا کہ کہیں چھاؤں میں تھوڑی دیر بیٹھنا چاہیے ـــــ خیال ہوا بھٹی میں لیکن پھر خیال بدل گیا۔ وہاں جانا ہی بُرا ہے۔

دیر تک سوچتا رہا۔ شراب کی بو برابر آ رہی تھی۔ دل چاہتا۔ لیکن وہ توبہ کر چکا تھا دل کڑا کئے کھڑا رہا۔ لیکن پاؤں جم کر رہ گئے۔ آگے نہ بڑھے ـــــ آخر اس نے سوچا ـــ توبہ تو کر ہی لی ہے۔ اور اس کمبخت کو ہمیشہ کے لئے چھوڑنا ہی ہے ـــــ بس آج بھر ـــــ کل سے بالکل نہیں

یہ خیال آتے ہی وہ بھٹی میں گھسا۔ کچھ پیسے جیب میں تھے۔ شراب خریدی۔ گلاس میں انڈیل کر ایک گلاس اُس نے پیا۔ شراب حلق سے نیچے اُتری اور وہ ساری باتوں کو بھول گیا۔

منتخب یادگار افسانوں کا ایک اور مجموعہ

جوانی

مصنف : سہیل عظیم آبادی

بین الاقوامی ایڈیشن جلد منظر عام پر آرہا ہے